KB015942

pages

1st COLLECTION

− 사랑한 후에−

조민예

오종길

이도형

성현

당신이 사랑한 후에 무엇이 남았나요?

'pages' 는 여러사람의 'page' 가 모여 완성 된 책입니다.
매 권 특별한 주제(혹은 문장)와 장르 안에
다양한 글을 엮어 만들어냅니다.
-

첫 번째 pages는 '사랑한 후에'라는 하나의 문장을
소설이란 장르로 풀어냅니다.

조민예, 오종길, 이도형, 성현

-

독립출판을 통해 꾸준히 책을 만들어 온 네 명의 작가가 자기만의 방식으로 사랑을 이야기 합니다

각각 다른 시간과 공간, 각각 다른 대상과 방향성을 가진 이야기 속에서 사랑이 지나간 후 남은 것들을 이야기 합니다.

목차

조민예

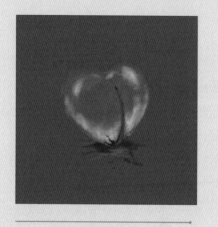

The Leftovers:
남겨진 음식, 남겨진 기억, 남겨진 사랑

Leftover / ˈleftəʊvə(r)/

Something, especially food, remaining after the rest has been used.

특히 음식이나 재료에 대하여, 무엇인가 사용하고 난 뒤 남아있는 것.

#냉장고

딱히 요리에 취미가 있는 것은 아니었다. '먹기 위해 사느냐, 살기 위해 먹느냐'라는 난제의 답은 항상 후자였다. 아침은 매일 지칠 줄 모르고 울려대는 알람과 '5분만' 전쟁을 벌이다가 먹지 못하는 날이 많았고, 점심은 같이 먹는 이의 바쁜 발걸음을 쫓아가는 날이 많았다. 그러나 저녁은 달랐다. 너와 함께하는 평일 저녁이면 꼭 요리를 해서 한 끼 식사를 제대로 챙겨 먹었다.

금방이라도 꺼져버릴 것 같은 휴대폰 배터리처럼 지쳐있는 평일 저녁이지만, 냉장고 안에 들어있는 쓰다 만 재료, 먹다 만 음식을 활용해서, 쉽고 간단하게 만들 수 있는 음식을 만들어 먹는 것은 '간당간당'하던 배터리를 끌어올리는 가장 쉽고 간단한 방법이었다.

오늘도 오랜 습관처럼 퇴근하자마자 집으로 돌아왔다. 오늘따라 야속하게 휘몰아친 업무 때문에 온종일 신경이 날카롭게 곤두서 있던 데다, 표정 없는 사람들로 꽉 차있는 만원 버스 속에서 넘어지지 않으려 온몸에 잔뜩 힘을 주고 있었던 탓인지, 집에 돌아와 익숙한 냄새가 코끝에 닿았을 때, 나는 그대로 주저앉을 뻔했다.

'저녁을 먹어야 할까, 바로 씻고 자는 게 나으려나.'

신발을 벗으면서 저녁 생각부터 들었다. 그래도 저녁은 먹고 자야겠지, 라고 마음을 정했더니, 또 다른 고민이 생겼다.

'집에 있는 걸로 뭐 해 먹을까? 그냥 배달을 시켜 먹을까?'

이 질문의 답을 찾는 데는 꽤 오랜 시간이 걸렸다. 평일 저녁에는 거의 매일, 집에서 너와 함께 밥을 먹었기 때문에, 배달 음식점 전화번호도 하나 가지고 있지 않았으므로, 어느 쪽이 더 나을지 쉽게 결정할 수가 없었다.

사실, 냉장고를 여는 것이 무서웠다. 배달 음식점 전화번호는 검색만 하면 나오기 마련이다. 집에, 냉장고 안에 각종 재료가 가지런히 놓여있다는 것은 집주인인 내가 너무나도 잘 알고 있었다. 무어라도 만들어 먹는 것이 최선의 선택이었다. 전부 냉장고를 열고 싶지 않아 만들어낸 핑곗거리였을 뿐이다. 네가 없이는 어떤 요리를 해야 할지도 떠오르지 않는다.

　냉장고 앞에서 한 번 크게 숨을 들이마셨다가 거칠게 내쉬고는 냉장고 문을 열었다. 냉장고가 내뿜는 냉기에 정신이 얼얼하다. 가장 먼저 눈에 들어온 것은 익을 대로 익어버린 아보카도였다.

　'너는 저녁을 먹었을까?'

　→ 말릴 새도 없이 떠오른 문장. 이내 나의 하루에 더는 네가 없다는 것을 생각해낸다.

#아보카도 샐러드

"아보카도가 진한 갈색인데? 먹어달라고 아우성인 걸."

네가 아보카도를 꺼내 들며 말했다. 나는 까치발을 들어 너를 뒤에서 껴안으며 네가 바라보는 높이에서 냉장고 안을 염탐한다.

"음, 샐러드로 해서 먹자. 양파랑 토마토도 있는걸."

"그래. 배도 별로 안 고픈데, 잘됐네."

우리가 만드는 '아보카도 샐러드'는 '과카몰레 스타일'이다. 멕시코 요리의 소스인 '과카몰레'는 재료를 넣고 으깨서 먹지만, 우리는 재료들을 깍둑썰기해서 숟가락으로 퍼 먹는다.

마치 약속이라도 되어있는 것처럼, 너는 아보카도를 자르기 시작하고, 나는 양파와 토마토를 자르기 시작한다. 양파는 잘게 잘라 찬물에 담가놓고, 토마토는 단단한 부분만 골라내어 자른다. 그동안 너는 아보카도 씨를 빼내고, 숟가락으로 적당히 퍼낸다.

"소금이랑 후추랑 레몬즙. 고수는 없을 텐데."

내가 양파를 건져내 물기를 털면서 말했다.

"레몬즙도 없는걸. 적당히 소금이랑 후추만 약간 뿌

리면 되지. 어쨌든 맛은 있을 거야."

너는 능글맞은 얼굴을 하며 어깨를 으쓱댄다. 적당히, 어쨌든, 약간. 너의 빈출 단어다.

"음, '아보카도를 먼저 넣고 으깬 다음에, 양파와 토마토를 넣고, 레몬즙 1큰술, 소금 1작은술, 후추 약간, 고수 조금'이래."

처음 '맛이 곧 갈 것 같은' 아보카도를 처리하려고 과카몰레 레시피를 찾았을 때, 너는 레시피를 읊조리며 머리를 갸웃거리고 있는 나를 조용히, 그렇지만 힘 있는 눈빛으로 뚫어지게 쳐다보았다.

"응? 왜?"

"아니, 귀여워서."

"싱겁기는."

나는 레시피를 메모지에 옮겨 적으면서 혼잣말처럼 대답했다. 너는 볼펜을 쥔 내 손을 감싸 쥐고는 말했다.

"냉장고에 대충 필요한 재료는 다 있는 것 같으니까, 적당히 썰어서 샐러드처럼 먹자. 어때? 레몬즙 한 바퀴 돌리고, 소금 후추만 솔솔 뿌려주면 끝."

나는 무엇이든 정해진 대로 해야 직성이 풀리는 사람이었다. 무엇이든, 설령 그것이 아주 작고 사소한 것일지라도, 정해진 규칙과 순서대로 해야 걱정이 되지 않았고, 불안하지 않았다. 나는 익숙하고 일상적인 것에서 안정을 찾는 사람이었고, 구체적이고 명확하지 않은 것에는 얼어버리곤 했다. 그래서 각종 레시피에 등장하는 '약간, 조금, 적정량'은 나에게 너무 어려운 단어였다. 그러나 너는 완전한 반대편에 존재했다. 정해져 있는 것에 크게 얽매이지 않았고, 불명확한 것을 마주해도 겁내지 않았다. 너는 익숙하지 않은 것에도 당당했으며, 오히려 새로움에 온몸을 던질 줄 알았다. 즉흥적이고 창의적인 너는 정해져 있는 것에서 한 걸음 더 나아가, 완전히 새로운 것을 만드는 데도 익숙했다. 레시피 앞에서도 우물쭈물하는 법이 없었고, 확고한 자신감으로 단어 앞에서 움츠러들지 않았다. '양파가 적당히 익으면'이라는 것은 도대체 언제쯤을 뜻하는 것인지 감도 잡지 못하던 내가, '매운맛을 뺀 생양파를 넣어도 충분히 맛있다'고 말하는 너를 만난 것이다.

"그러면 '후추 약간'이라는 건 얼마만큼이라는 거야?"

"음, 한 꼬집 정도?"

너는 즉흥적인 것으로 무장하고 막무가내로 밀어붙이는 사람은 아니었다. 나의 습관과 규칙을, 정해져 있지 않은 것에서 오는 불안감을 이해해주었고, 불명확한 언어를 명확하게 바꾸어 다시 한 번 말해주는 사람이었다. 그래서 나는 너를 좋아하게 되었다. 그래서 나는 너의 빈출 단어를 좋아하게 되었다. 어쨌든, 적당히, 약간. 너를 만나 나는 이런 단어들을 마주해도 미소 지을 줄 알게 되었다.

큰 보울에 재료를 차곡차곡 넣고, 소금과 후추를 뿌린다. 그리고는 숟가락으로 적당히 섞는다. 이로써 우리의 '아보카도 샐러드'는 완성이다. 우리는 숟가락도 두 개 꺼내지 않고, 하나의 숟가락으로 번갈아 먹는다. 고소하고도 상큼한 맛이 입 안에 가득 퍼진다. 재료 본연의 맛이 하나하나 살아있으면서도, 조화롭게 섞여 어우러진다. 우리는 맛있어서 동그래진 눈을 맞추며, 배시시 웃는다. 요리라고도 할 수 없을 만큼 간단한 음식이지만, 행복은 여기에 있다.

#장보기

우리는 퇴근길 시간이 맞으면 큰 슈퍼마켓에 들러, 이것저것 주워 담곤 했다. 메뉴를 먼저 정해놓고 그 음식을 만드는 데 필요한 재료를 사는 것이 아니라, 생각나는 대로, 눈에 보이는 대로, 손에 집히는 대로 장바구니에 담았다.

"네가 아보카도를 좋아해서 참 다행이야."

초록빛 아보카도 다섯 개가 가지런히 담겨있는 봉투를 집으면서 네가 말했다.

"처음에는 이게 무슨 맛인가 싶었는데, 먹다 보니 고소하고 맛있더라구."

내게는 이국적이고 생소하던 아보카도를 빛나는 눈빛으로 장바구니에 넣던 너의 얼굴이 떠오른다. 나는 아보카도 하나에도 빛나는, 그 생동감 넘치는 눈빛을 사랑한다.

"달걀이랑 당근도 사야 해. 저번에 보니까 달걀 유통기한 지났던데."

쇼핑 카트에 물건들이 쌓여간다. 아보카도, 달걀, 당근. 집에서 영화 볼 때 마실 맥주, 맥주 안주로 먹을 견과류. 왠지 금요일이 되면 먹고 싶어질 것 같은 바닐라

아이스크림.

　"새댁, 이것 좀 먹어봐."

　시식용 냉동 만두를 내미는 아주머니의 한마디에 우리는 서로를 마주 보며 웃어 보인다. 너는 부끄러워하는 나의 이상한 표정을 들여다보며 다시 한 번 소리 없이 웃는다. 그리고는 아주머니에게 꾸벅 인사하며 냉동 만두 한 봉지를 쇼핑 카트에 넣는다.

　"냉동 만두 먹고 싶어?"

　간신히 표정을 정돈하고 아무 일 없었다는 듯이 묻는 나에게 너는 장난기 가득한 표정으로 답했다.

　"아니, 딱히 그런 건 아닌데. 이거 볼 때마다 아까 네 이상한 표정이 떠오를 것 같아서. 그럼 너무 좋을 것 같은데."

　"참 특이한 취향이야."

　즉흥과 계획 사이를 오가며 너와 함께 '별생각 없이' 장을 보는 것은 너와 내가 적당히 섞인 습관이었다. 사야 할 물건 목록을 나열해놓은 메모지가 없더라도 나는 불안하지 않았다. 너와 함께 먹으면 좋을 것들을 사는 것이 좋았다. 설령 결국 먹지 못하고 유통기한이 지나버린다고 해도, 그것을 아까워하지는 않을 것이다.

　계산대 옆에는 젤리와 사탕이 진열되어 있다. 나는

쇼핑 카트에서 물건을 꺼내 컨베이어 벨트 위에 내려놓는 너를 물끄러미 바라보다가, 한 개만 먹어도 혓바닥이 온통 파래질 것 같은 젤리를 집어 들었다. 새파래진 혓바닥을 서로 보여주면서 아이처럼 해맑은 웃음이 터지는 우리 두 사람의 모습을 상상해본다. 네가 냉동 만두를 사는 것과 비슷한 이유로, 나는 예전에는 관심도 없던 젤리를 산다. 우리의 사랑은 파랗게 혓바닥이 물드는 젤리처럼, 눈치채지 못하는 사이에, 진하게 물들어간다.

#재료를 '때려 넣는' 볶음밥

그날은 유난히 공기가 무겁게 느껴지던 날이었다. 퇴근길, 너에게 갑자기 전화가 걸려왔다.

"오늘 그냥 밖에서 저녁 먹을래?"

"글쎄, 아무래도 피곤한데. 그냥 집에서 먹자. 때려 넣는 거."

"…"

"왜?"

"아니야. 그렇게 하자, 그럼."

짧은 통화를 마치고, 집에 돌아온 우리는 '때려 넣는 거'를 만들기 시작했다. 집에 남아있는 재료들을 모아 잘게 썬다. 대파, 양파, 당근, 햄, 캔 옥수수, 무엇이든 좋다. 프라이팬에 오일을 넉넉히 두르고 달달 볶아낸다. 가끔 냉장고에 잠자고 있는 어묵볶음이나 잊혀가는 시금치나물 같은 것들도 넣는다. 달걀이 있으면 두어 개쯤 깨서 스크램블을 하고, 찬밥 두 공기를 넣고 함께 섞는다. 마지막에는 간장을 한 바퀴 두르고, 소금과 후추를 뿌린다. 우리는 이 제멋대로인 음식을 재료를 '때려 넣는' 볶음밥이라고 불렀다.

심지어 이것저것 너무 많은 것을 넣다 보니 양이 많

아져서 다 먹지 못하고 남기기 일쑤였다. 남은 볶음밥은 밀폐 용기에 담아 냉장고에 넣어둔다. 나는 "내일 아침에 먹지 뭐"라고 지키지도 못할 결심을 중얼거리며, 남은 음식을 버리지 못한다.

우리는 조용히 식사를 마치고, 아무 말도 하지 않고 식탁을 정리하고, 묵묵히 설거지했다. 부엌과 거실에는 공간을 가득 메운 매캐한 침묵이 부유했다. 너의 딱딱한 미간과 굳게 닫힌 입술이, 절제된 움직임이, 내가 마주하고 싶지 않은 냉정한 의미를 전하는 것만 같아, 숨을 쉬는 것이 답답하게 느껴졌다.

"왜 우리는 평일에 꼭 집에서 저녁을 먹어야 하는 거야?"

네가 담담하지만 딱딱한 목소리로 물었다. 무겁게 가라앉아 있는 공기를 날카롭게 베어내는 듯했다. 나는 너의 물음에 대답하지 않았다. 가만히 너의 눈동자 속을 들여다보고 있을 수밖에 없었다. 너는 감정이나 생각이 표정과 눈빛에서부터 드러나는 사람이었다. 너의 담담한 말투와는 반대로, 네 눈동자에는 세찬 물결이 일렁이고 있었다.

우리는 주말에는 전시회도 가고, 영화도 보고, 잔디밭이 있는 곳으로 피크닉을 가기도 했지만, 평일 저녁

만큼은 항상 집에서 함께 저녁을 먹었다. 이리한 평범한 일상이 나는 좋았고, 너도 거기에 딱히 불만을 드러낸 적이 없었기에, 이 안정적인 하루하루가 지겨워지고 네가 지쳐갈 수도 있겠다고 생각해본 적이 없었다. 네가 보고 싶어하던 영화를 개봉일에 맞춰 평일에 보러 가자고 넌지시 말했을 때, 기분 좋은 바람이 부는 날이니 한강에 가서 맥주 한 캔 하자고 말했을 때, 혹은 '오늘은 왠지' '그냥 별 이유는 없지만' 멋진 레스토랑에서 촛불을 앞에 두고 스테이크를 써는 것이 어떻겠냐고 물었을 때, 내가 항상 고개를 젓고 집에 가서 저녁을 먹자고 답했다는 것을 그제야 깨달았다. 반복되는 하루하루가, 기억에도 남지 않을 평범하기 그지없는 평일 저녁 시간이, 너에게는 습관이나 관성이나 규칙이 되지 않고, 다만 나를 사랑했기에 참아왔던 것일 수도 있겠다. 네가 갑자기, 왠지 모르게, 그냥 무엇인가를 같이 하자고 묻는 날이 점점 줄어들었다. 더불어 나를 깊게, 힘 있게 꿰뚫어보는 듯한 눈빛, 작은 것에도 빛나는 활기 넘치는 눈빛을 보는 일도 점점 사라져갔다.

"가끔 보면 너는 집밥 같아."

너는 대꾸 없는 나를 바라보며, 알 수 없는 말을 했다. 나는 하릴없이 미안해졌다.

"내가 미안해."

"'미안하다'라는 단어는 지우고, '고맙다'라는 단어만 가득 채우자."

너는 따스한 말을 건넸지만, 어딘가 편안하지 않은 표정이었다.

이별에는 딱히 결정적인 이유가 필요하지 않았다. 나는 아무런 준비도 하지 못한 채로 이별을 마주하게 되었다. 평일 저녁인데, 너는 같이 장을 보러 가자고 말하지 않았다. 별다를 것 없는 평범한 날인데, 너는 대충 적당히 집에 있는 재료로 저녁을 먹자고 말하지 않았다. '퇴근하고 카페에서 만나자'라는 메시지를 보내온 것이 다였다.

커피 한 잔을 마시는 시간, 나는 쓰디쓴 이별을 마셨다.

"그동안 고마웠어."

너는 짧고 간결하게 이별을 고했다. 군더더기 없는 깔끔한 문장이었다. 한편으로는 우리 같이 노력해보자고, 너무나도 다른 두 사람이니까 서로 맞춰나가보자고 내 손을 잡고 굳게 말해주기를 바랐다. 그러나 그런 말은 결국 덧붙여지지 않았다.

눈물 같은 것은 흘리지 않았다. '내가 미안해. 앞으로 더 잘할게.'라는 말도 하지 않았다. 붙잡지도, 매달리지도, 원망 섞인 마지막 한마디를 덧붙이지도 않았다. 이상하리만치, 감정의 증폭이 느껴지지 않았다. 그것은 아마, 상해서 버려야 하는 재료를 냉장고 속 깊은 곳에 방치해두고 있었다는 것을 이미 알고 있었기 때문이었을지도 모른다. 그저 집에 남아있는 재료들을 어떻게 처리해야 하나, 라는 작은 걱정이 가장 먼저 피어오를 뿐이었다.

#다시, 냉장고

    냉장고를 열었을 때, 가장 먼저 눈에 들어온 것은 익을 대로 익어버린 아보카도였다. 집에는 항상 아보카도가 있었다. 아직 덜 익은 초록빛을 띠는 것부터, 그날 당장 먹어야 하는 검은빛을 띠는 것까지, 어쨌든 항상 남아 있었다. 아보카도는 낱개로 파는 일이 드문 탓이기도 했고, 네가 가장 좋아하는 것이었던 탓이기도 했다. 무엇보다 그 작은 과일은 내가 너를 만나고 처음으로 좋아하게 된 것이었으므로, 집에 아보카도가 있으면 왠지 모르게 든든하게 느껴졌다. 그러나 지금 마주한 아보카도는 그렇지 않았다. 그것은 너를 떠올리기에 가장 좋은 매개체였으며, 그래서 너무 아프고 아련하게 다가왔다.

    이어서 반쯤 남은 토마토와 양파, 형체를 알아보기도 어려운 남은 야채들, 얼마나 남아있는지 알 수 없는 소스들, 그리고 먹다 남은 볶음밥 같은 것들이 보였다. 냉장고 안은 온통 너라는 이름이 아로새겨진, 남겨진 기억과 남겨진 기억으로 가득했다. 나는 도대체 이 남겨진 것들을 어떻게 마주해야 할지 전혀 알 수 없었다. 나란히 걸으며 쇼핑 카트에 이것저것 주워 담는 일도, 식탁에 마주 앉아 한 숟가락씩 번갈아 먹는 일도, 설거지를 마치고 소파에 널브러져 늘어지게 하품을 하며 TV를 보는 일도, 이제는 다시 없을 일이다. 너를 다시 보지 못한다는 사실이 그제야 커다란 현실이 되어 나를 짓눌렀다.

너의 부재를 가장 실감 나게 하는 것은 함께 찍은 사진도, 울리지 않는 전화기도 아니었다. 냉장고 안에 들어있는 쓰다 만 재료, 먹다 만 음식이었다. 함께 장을 보고, 함께 요리해서, 함께 먹던 날들. 그 작고 사소한 나날에 너와 내가 있었고, 그 별것 아닌 날들이 모여 우리의 사랑을 빚었다.

너는 나의 기억을 훔치는 사람이었다. 나의 모든 옛 기억을 훔쳐, 그 자리를 너의 기억으로 가득 채우는 사람이었다. 너는 나의 매일을 기워내는 사람이었다. 작은 것들이 모인 하루에, 함께한 작은 시간의 조각을 덧대어 나의 하루를 완성하는 사람이었다. 너는 내 삶의 여백을 물들여가는 사람이었다. 하얀 도화지 같던 나의 삶에 아름답고 투명한 물감을 얹어주던 사람이었다. 나는 너를 사랑했고, 너와 함께한 시간을, 너와 함께한 매일을 사랑했다.

나는 차가운 냉장고 속에 있다. 나의 마음은 살이 에는 듯한 추위에 떨며 남겨져 있는 재료들처럼 놓여있다.

그래, 오늘은 어제의 내일. 이별한 어제의 내일. 그래서 오늘은 이별한 다음 날.

나는 어제 너와 헤어졌다. 그리고 나는 지금, 냉장고 속 남겨진 재료들처럼, 의미를 찾지 못하고 여기 남겨졌다.

아무래도 나는 오늘 저녁을 먹지 못할 것 같다.

너는 저녁을 먹었을까?

아무래도 나는
오늘 저녁을 먹지 못할 것 같다.

작은 것들이 모인 하루

#1

딱히 요리에 취미가 있는 것은 아니었다. 다만, '먹기 위해 사느냐, 살기 위해 먹느냐'라는 난제의 답은 항상 전자였다. 맛있는 것을 먹으면 살아가는 기쁨이 온몸으로 느껴진다.

이 짧은 이야기에는 '아보카도'라는 단어가 무려 20번 등장한다. 다른 것은 잘 모르겠지만, '아보카도'만큼은 아주 확실하고 명확하게 말할 수 있다: 아보카도는 사랑이다. 이야기에 등장하는 '아보카도 샐러드' 레시피는 내가 즐겨 먹는 레시피 그대로이다. 물론, 레몬즙을 뿌리고 올리브 오일을 한 바퀴 둘러줘야 더 맛있다.

#2

세상은 신기한 일로 가득하다.

#3

인간에게 하루는 24시간이다. 더도 말고 덜도 말고, 인간이라면 누구에게나 똑같이 24시간이 주어진다. 이 하루는 작은 것들이 모여서 구성된다. 작은 것에 웃고, 작은 것에 울고, 작은 것에 미소 짓고, 작은 것에 의미를 부여하고, 작은 것에 화를 내어보고, 작은 것에 투정도 부리고, 작은 것에 서운해하고, 작은 것에 감동하고, 작은 것에 감사하고, 작은 것에 미안해한다. 이 모든 작은 것들을 우리는 하루에 담고 있다. 그래서 우리의 하루에, 이 사소하고 별것 없어 보이는 '작은 것'은 무척이나 소중하다. 거창한 사건이나 특기할 만한 계기, 머리를 한 대 얻어맞는 듯한 엄청난 일이 일어나지 않더라도, 우리가 갑작스레 무엇인가를 느끼고 깨닫는 것은 작은 것에 변화가, 또는 균열이 일어났기 때문이다. 이별도 그러하다. 상실과 부재를 실감하는 것은 각자의 경험과 기억, 감정을 담은 '작은 것'에서 비롯된다. 이야기 속 '나'는 '남겨진 음식'에서 부재를 실감하지만, 누군가는

함께 듣던 노래 가사가 들려올 때, 누군가는 길을 걷다
가 익숙한 향수 냄새가 코끝을 스칠 때, 누군가는 자주
가던 카페를 지날 때와 같은, 작고 사소한 것에서 '문득'
이라는 이름으로 남겨진 감정이 고개를 들 것이다.

오종길

봄눈을 기다려

2014년 여름의 끝자락, 기^{guy}는 청담동에 위치한 레스토랑을 첫 직장으로 선택했다. 물론 레스토랑에서 기를 선택한 결과였지만 기는 자신이 그곳을 선택한 것이 원인이 되어 다시 자신에게로 돌아온 결과라고 생각했다. 어쨌거나 기의 선택과 레스토랑의 선택이 맞아떨어져 취업과 동시에 상경한 기의 출퇴근길은 대략 이러했다.

출근하는 기의 모습은 청담역에서 발견되었다. 청담역 9번 출구로 나온 기는 출구 앞 정류장에서 버스로 환승했지만, 고작 한 정거장을 간 뒤 하차했다. 이마저도 처음 직장 생활을 할 적에는 걸어 다닌 거리였다. 그러나 얼마 되지 않아 알게 된 사실은, 그를 제외한 9번 출구로 나온 사람들의 팔 할이 버스를 탄다는 것이었다. 시간을 맞춘 듯, 빠른 걸음으로 걸어 9번 출구로 나오면 곧 버스가 도착했다. 출근하는 사람들의 틈바구니에 끼어 한 정거장을 이동해 청담사거리에 내리면 멀지 않은 곳에 기의 첫 직장인 레스토랑 S가 있었다.

반면, 퇴근길에 오른 기는 먼발치에서 보는 게 나았다. 땀 냄새와 음식물 냄새를 풍기며 지친 걸음으로 청담역을 향해 걷는 기는 횡단보도 앞에서 신호가 바뀔 때마다 울기 일쑤였기 때문이다. 기는 무엇이 그렇게 슬펐던 것일까. 청담역까지 느린 속도로 걸으며 울던 기는 출구 앞에 다다르기 전 눈물을 닦은 뒤, 계단을 내려가 지하철을 타고 집으로 돌아갔다.

다음 날이면, 똑같은 얼굴을 한 기의 출근과 퇴근을 다시 볼 수 있었다. 매일 아침, 그리고 매일 밤이면 두 사람 같아 보이는 한 사람의 모습이 있었다.

주방 막내가 된 기의 레스토랑 S에는 남천이 있었다. 남천이 레스토랑 S에서 지낸 건 아주 오래전부터였는데, 그게 얼마나 오래되었는지는 누구도 알지 못했고, 궁금해하지도 않았다. 남천이 아주 오랫동안 그곳에 있었다는 사실만 있었다.

남천은 기를 처음으로 만난 날을 기억해냈다. 몇 주전 무더운 오후였다. 기는 한여름에 입기에는 도톰해 보이는 흰 셔츠를 입고 있었는데, 그의 복장으로 미루어보아 면접을 보러 온 게 틀림없었다. 남천은 이미 수차례 면접의 광경을 보아왔기에 쉽게 예측할 수 있었다. 그랬다. 남천의 짐작대로, 기가 레스토랑에 면접을 보러 온 여름날 남천은 그를 처음으로 만났다. 기는 셰프를 따라 지하로 향하고 있었고, 그것이 둘의 첫 만남이었다.

지하로 가는 길은 레스토랑 건물 왼쪽으로 난 낡은 철문을 열고 들어가면 나왔다. 허리를 숙여 작은 철문을 지나면 자갈이 깔린 좁고 기다란 길에 평평하고 큰 돌이 징검다리처럼 자갈 사이사이 박혀있었다. 그 길을 따라 걸으면 오른쪽으로 통로 하나가 나왔고 계단을 통해 지하로 갈 수 있었다. 셰프의 뒤를 따라 철문을 지난 기는 자갈을 밟지 않으려는 듯 깡충깡충 징검다리를 밟으며 지하로 향했다. 그런 기의 귀여운 모습을 보고 있던 남천에게 기가 손을 뻗어온 건 의식하지 않은 자연스러운 행동이었다. 남천은 몸에 닿은 기의 손끝을 따라 멀어지는 그의 뒷모습을 하염없이 쫓았다. 기의 손길이 닿음과 동시에 남천의 온몸이 파르르 떨렸던 건 어쩌면 단순히 작용에 따른 반작용이었는지도 모른다. 그러나 종종 작은 충돌이 만든 불씨가 지극히 자연스러운 바람을 타고 건조한 산을 홀랑 태워먹듯, 또 어떤 사랑은 불가피하듯, 남천은 온몸에 이는 전율을 느끼며 지하로 내려간 기를 애틋하게 기다렸다. 아주 잠깐 사이에 기를 향한 남천의 사랑은 시작되었다.

절정으로 치닫는 여름과 함께 기를 향하는 갈망도 깊어만 갔다. 남천은 셰프를 붙잡아두고 반드시 기를 고용할 것을 당부하고 싶었다. 그가 레스토랑의 막내 직원으로 들어와야만 한다고 소리치고 싶었다. 그러나 남천이할 수 있는 일이 무엇이 있겠는가. 무엇도 하지 못했지만, 그의 간절한 바람이 닿았는지, 기는 여름이 끝나기 전 레스토랑 막내 직원으로 고용되었다.

첫 만남 이후 그리 오랜 시간이 흐르지 않았음에도, 남천은 레스토랑에서 그렇게 오랜 세월을 지내왔으면서도, 그 짧은 며칠을 쉽사리 보내지 못했다. 더디게 흐르는 시간 속에서 기를 향한 마음만이 깊어져 갔는데, 할 수 있는 일이란 도무지 하나도 없고 기를 다시 만날 수 있을 거란 확신조차 가질 수 없던 불쌍한 남천은 기의 손길 하나로 온전히 그의 소유가 된 것이나 다름없었다.

기가 처음으로 출근했던 날, 애타게 기다리고 있던 남천에게 그가 손을 내밀며 인사를 건네주었을 때, 그 황홀한 순간에, 남천은 태어나 한 번도 경험해보지 못한 삶의환희를 맛볼 수 있었다. 고통 속에서 보낸 기나긴 기다림의 시간이 남천의 기억 속에서 영원히 아름다운 시절로 남게 될 건 뻔한 수순이었다. 기의 맑은 눈동자, 환한 얼굴을 마주하고 있을 수 있다는 사실만으로도 남천은 세상을 모두 가진 기분이었다. 그토록 기다리던 얼굴이 다가와 인고의 시간을 배신하지 않는다는 건, 지루하고 고통스러웠을 그 묵묵한 기다림을 보상받는다는 건, 삶에서 맛볼 수 있는 매우 적은 희열에 속하지 않을까. 남천은 그 시간을 오래오래 지속하고 싶었다. 가까운 거리에서 보는 건 처음인 기의 얼굴을 세세하게 기억할 수 있을 거라 확신했다. 그 얼굴을 결코 잊지 못할 자신이 있었고, 잊지 않으리라 다짐했다.

남천은 하루에 몇 번이나 기를 만날 수 있는지를 세기 시작했다. 그만큼 기를 손꼽아 기다리는 남천이었다.

이른 아침, 출근한 기가 남천에게 눈인사를 건넸다. 막내 직원인 기는 다른 직원들보다 한참 일찍 출근해 가장 먼저 레스토랑 입구와 철문을 열었는데, 이때마다 빼먹지 않고 남천과 눈을 맞춰주었다. 이따금씩 잠긴 목소리로 간밤에 잠은 잘 잤는지를 묻거나, "안녕?" 하고 명랑한 아침 인사를 무심한 듯이 던져두고 가기도 했다. 남천은 잠이 든 주인이 깨어나기를 기다리는 강아지처럼 그 시간을 고대했다. 철문 너머 출근하는 기가 가까워지는 모습을 발견하고 손을 흔들어 보이는 남천에게 전하는 보답치곤 너무 짧은 안부 인사였지만, 한껏 기분이 좋아지는 남천이었다. 그리고 기는 오전 중 꼭 한 번은 남천에게 와주었다. 점심 영업이 시작하기 전, 지하로 가는 길에 기는 남천에게 손을 내밀어 그를 만져주었다. 보드라운 손길로 만져주는 기의 손은 큼지막했지만, 손가락은 여인의 것처럼 가녀리고 고왔다. 뽀얗고 가느다란 손가락에는 다양한 온도가 있었는데, 이는 온 신경을 집중해 기의 손길을 느끼려는 남천의 노력으로 알아낸 사실이었다. 아주 차가운 손가락이 둘, 나머지 세 손가락 중에서 검지가 가장 높은 온도를 지니고 있었다. 손바닥에도 부분부분 다른 온도를 품고 있는 기의 손길에 남천은 살아 있는 자신의 신체를 실감할 수 있었다. 살아있다는 사실은 그렇게 스치듯 지나는 손바닥의 다양한 온도와 옅게 팬 주름으로 입증되었고 그 가치가 치솟았다. 남천은 기의 손아귀에서 조금도 벗어날 수 없었다.

매일 오전 지하로 향하며 남천에게 말을 걸어오는 기는 손바닥을 펼친 채 남천을 쓰다듬거나 구석까지 꼼꼼하게 주물러주는 동시에 그 선한 얼굴을 하고서 남천을 고루 살펴보았다. 하루 사이 다친 곳은 없는지, 머리카락이 어깨에 붙어있지 않은지를 확인해주었고, 바람에 날려 온 흙먼지가 묻어있으면 세심하게 떼어주고는 옷매무새를 단정하게 정돈해주었다. 기는 남천에게 언제나 다정다감한 사람이었다. 가지런한 치아를 훤히 드러내고 웃으며 시시콜콜한 일상을 들려주기도, 가까이 다가와 작은 소리로 둘만의 비밀을 속삭이기도 했다. 그러나 즐거운 시간은 잠시, 기는 곧 지하로 내려가야 했고, 되돌아 나오는 기는 보통 양팔 가득 짐을 들고 있었다. 남천은 기를 도와 짐을 나눠 들어주고 싶었지만 그럴 수는 없었다. 짐이 많아 돌아 나가는 길에 남천을 한 차례 더 만져줄 수 없던 기와 그런 기를 보는 남천은 아쉽기만 했다. 남천의 마음을 읽은 듯 기는, 더욱더 환한 얼굴을 해 보이며 이따 만나자는 약속을 해주었다. 손가락을 걸고 약속할 수는 없었지만, 기의 얼굴은 그 약속을 저버리지 않겠다는 확신을 주었다. 철문을 나서 뒤를 돌아 고개를 저으며 안녕을 대신한 인사를 잊지 않던 기를, 남천은 사랑하고 있었다.

사랑하는 기가 레스토랑으로 들어가고 나면, 남은 남천이 할 수 있는 일은 기가 다시 찾아올 때까지 그를 기다리는 게 전부였다. 점심 영업이 끝나고 브레이크 타임이

오기만을, 그리하여 남천과의 약속을 잊지 않고 찾아올 기를 하염없이 기다리고 또 기다리는 수밖에 없었다.

남천은, 다름 아닌 레스토랑 왼편의 구석진 곳, 낡고 작은 철문을 열고 들어가야 나오는 좁은 통로를 따라 심어진 남천 나무였기 때문이다. 남천은 말을 할 수도, 움직일 수도 없이 심어진 자리에서 조용하게 살아가는 나무, 남천 나무였다.

기는 남천과의 약속을 어기지 않고 브레이크 타임이면 늘 남천을 찾아왔다. 기는 여린 잎을 조심스레 어루만지고 남천과 대화를 하며 쉬는 시간을 보냈다.

또, 기는 정확한 날짜를 기억하고 남천에게 물을 주는 사람이었다. 온몸을 흠뻑 적시는 그날을 남천은 손꼽아 기다렸다. 물론 남천은 빗물을 가장 좋아했다. 비는 내리는 순간 그대로 들이마셔도 탈이 나지 않는 건강한 물이기 때문이다. 자신과 흙 깊숙한 곳까지 적시는 비야말로 최고의 양분이었다. 그에 반해 수돗물은 흙 깊숙한 곳으로 흘려보낸 뒤 다시 흡수하는 게 좋았다. 그래야 탈이 날 일도 적었고 맛도 훨씬 좋았다. 그러나 기가 주는 물은 달랐다. 기가 주는 물 역시 다른 직원이 그동안 자신에게 주었던 것과 똑같은 수돗물이라는 사실을 남천은 알고 있었지만, 이미 기를 사랑하고 있는 남천이지 않은가. 기는 남천을 매일같이 만져주고 보살피며 물이 필요한 정확한 날짜는 물론, 필요한 물의 양 역시 잘 알고 있는 듯했다. 부족하지도 넘치지도 않는 물은 남천에게 중요했다. 온몸을 흥건히 적시는 동시에 충분히 마시고 나서도 흙의 전반이 촉촉해질 수 있는 적당량, 그걸 잘 알고 있는 기를 사랑하지 않고 배기겠는가. 사랑하고 또 사랑하는 기가 물을 줄 때면 사지를 환하게 벌리고 그 물을 열심히 흡수하던 남천이었다.

남천이 가장 기다리던 날이 기가 물을 주는 날이라면, 매주 일요일이 온다는 건 남천이 부정하고 싶은 사실이었다. 일요일도 한 번쯤은 일탈을 감행하지 않을까, 예상치 못한 일이 일요일에게 생기지 않을까, 하는 터무니 없는 기대를 매주 하던 남천의 간절함은 무용했다. 일요일은 기를 닮았는지 결코 어기는 법 없이, 심지어 조금의 지각조차 없이 매주 토요일이 지나고 나면 부지런히 찾아왔다. 남천이 일요일을 싫어한 이유는 단 하나, 매주 일요일은 레스토랑의 정기 휴무일이었고, 그렇기 때문에 기가 출근을 하지 않아서였다. 온종일 닫힌 철문 뒤에서 홀로 시간을 보내는 건 익숙했고, 버틸 만한 고독이었다. 그러나 누구도 찾아오지 않는다는 사실보다 기를 만나지 못한다는 사실을, 남천은 받아들이고 싶지 않았다.

하지만 머지않아 남천은 일요일을 받아들이기로 마음을 바꿔 먹었다. 아무리 부정해도 일요일이 찾아오는 불가피한 상황 때문이 아니라, 주 6일 동안 매일 14시간이 넘는 고된 노동으로 지쳐만 가는 기의 얼굴을 보았기 때문이었다. 일주일에 단 하루 그에게 주어지는 휴식을 빼앗을 수는 없었다. 하는 수 없이 남천은 기가 오지 않는 일요일을 보내며 기다림의 시간을 견디는 방법을 터득해야 했다. 물론 그건 쉽지 않은 일이었지만 그래도 반드시 월요일은 찾아오고, 철문을 열고 맑은 얼굴을 들이밀 기의 방문을 알고 있었으므로 남천은 기다림의 자세로 머물렀다. 기를 기다리는 시간 동안 그를, 오직 그만을 생각하기로 했다.

남천은 레스토랑에 출근하지 않은 기의 일상이 어떨지 생각해보았지만, 남천이 알고 있는 기는 레스토랑 막내의 모습이 전부였다. 설상가상으로 남천은 작은 철문 뒤에서 살아가는 나무에 불과해 인간의 일상에 대해 아는 것이 많지 않았다. 그런 남천이 철문 너머로 일요일을 보내는 사람들을 관찰하기 시작한 건 스스로 생각하기에도 탁월한 선택이었다. 길을 지나는 이들과 비슷한 시간을 기 역시 보내고 있을까 하는 상상은 남천이 일요일을 버티는 데에 큰 힘이 되었다.

알지 못하는 일상 속 기의 모습을 상상한 남천은, 교회로 향하는 이들을 보며 일요일을 맞아 기 역시 교회에 가진 않을까 하는 궁금증을 품었다. 종교의 개념이나 효용 따위의 질문은 가치가 없었다. 남천에게 중요한 건 기의 일상이었고 종교 자체에 대해서는 그게 무엇인지 관심조차 없었다. 주말을 맞아 도란도란 길을 걷는 가족의 모습은 기에게도 가족이 있을까 하는 의문에 닿았고, 남천의 생각에 기에게는 훌륭한 부모와 화목한 분위기의 가정이 있음이 확실했다.

이렇듯 남천의 눈에는 모든 것이 기를 향해있었다. 시간이 흐를수록 남천의 일요일은 더욱 풍성해졌고, 나머지 여섯 날을 기와 함께하며 둘은 더없이 가까운 사이가 되었다.

"우리, 친구지?"

하루는 기가 남천에게 물었다. 남천은 친구라는 단어를 알지 못했다. 다만 그걸 물어오는 기의 얼굴을 보며 그게 무언지도 모르면서, 그를 마주 보고 긍정의 의미를 담아 이파리를 흔들어 보였다.

"친구야~."

해맑은 얼굴로 다가오며 남천을 부르는 기를 보면서
남천은 친구란 단어가 분명히 좋은 사이를 말하는 것이
라 확신했다.

'친구야~.'

남천도 기를 친구야, 하고 불러보고 싶었다. 큰 소리
로 외쳤지만, 남천이 말을 할 수 있을 리는 만무했다. 그
럼에도, 남천을 보고 있는 기의 얼굴은 마치, 네 부름을
들었으니 애쓰지 않아도 괜찮다는 대답을 전하는 것 같
았다. 남천은 기의 얼굴을 보며 어쩌면 정말로 기가 자신
의 부름을 들었는지도 모른다는, 소리가 되지 않아도 들
리는 소리가 있는지도 모른다는 생각을 하곤 했다. 남천
은 그렇게 처음으로 친구가 생겼고, 친구라는 단어를 곱
씹으며 단어가 지닌 아름다운 에너지를 충만하게 느끼는
여름날이 차곡차곡 쌓여 어느덧 가을을 맞이했다.

가을이 깊어가는 어느 날, 저녁 영업을 앞둔 시각에
기가 찾아왔다. 그의 손에는 가위가 하나 들려있었고, 남
천은 그것이 무엇을 의미하는지 잘 알고 있었다. 담담하

게 받아들일 준비가 된 남천과는 달리 기의 얼굴은 전혀 그렇지 않아 보였다. 금방이라도 눈물을 쏟을 것 같은 눈망울을 하고 남천을 마주한 기. 남천은 기에게 걱정하지 말라고, 자신은 괜찮으니, 정말 괜찮으니 필요한 만큼 이파리를 잘라도 된다고 말해주고 싶었다. 남천은 입이 없는 자신을, 그리하여 기에게 아무런 말도 해주지 못하는 자신을 탓했다. 글썽이는 눈으로 남천 가까이 다가온 기가 말했다.

"미안해, 정말 미안해…."

기는 말을 잇지 못했다. 그의 어깨를 토닥여줄 팔 하나 없다는 사실이, 그에게 기대어도 좋으니 얼마든 빌려도 괜찮다 할 어깨 하나 없다는 사실이 사무치도록 슬퍼지는 순간이었다. 자신은 나무에 불과하여 기를 위해 해줄 수 있는 게 아무것도 없다는 건, 남천을 깊은 초라함의 구석으로 내몰았다.

그날 밤 남천은 자신의 존재 자체를 다시금 생각해보았다. 아니, 처음으로 자신의 존재, 나무라는 것에 대해 생각을 해보았다. 자신은 나무에 불과한 생명인데 감히 한 인간을 향한 사랑의 감정을 품는다는 것이 말이 되는 걸까, 어쩌면 나무의 생이란 인간 다수를 향한 무한한 사랑을 베푸는 것으로 종결지어지는 건 아닐까, 그저 묵묵히 자신의 쓰임에 맞게 인간들을 위한 무언가를 제공하는 것뿐이지 않을까, 하는 따위의 생각 말이다. 남천은 스스로가 기에게 느꼈던 애틋한 감정은 나무가 느껴서는 안 될 사랑의 감정일지도 모른다는 부정의 단계에 이르렀다. 눈앞에서 눈물을 뚝뚝 떨어뜨리는 가엾은 기를 보고만 있어야 하는 게, 오직 바라만 보는 게 전부인 나무의 삶이라니. 그를 보고 느끼는 슬픔 자체를 부정당하고 마는 고작 한 그루 나무에 불과한 존재라니.

다음 날 아침 어김없이 남천을 찾아온 기의 얼굴은 여느 날과 다르지 않게 맑았다. 남천은 그 맑은 얼굴을 보고는 밤을 새워 자신을 부정한 모든 시간을 송두리째 갖다 버렸다. 남천은 자신이 나무라는 사실을 부정할 수 없다는 걸 다시금 느끼고는 그를 향해 자신이 나무로서 할 수 있는 최선을 다해주는 것만이 제 사랑의 유일하고 고귀한 표현법임을 깨달았다. 어느 해보다 푸르른 잎을 그에게 아낌없이 내어주는 것이 기를 향한 남천의 안쓰러운 사랑법이었다.

남천이 외친, 미처 소리가 되지 못한 아우성이 만들

어낸 작은 진동이 남천의 잎을 세게 흔들었다. 바람 한 점 없이 요동치는 남천의 모습을 본 기는 용기를 내어 남천의 잎을 잘랐다. 기는 잎이 세 장 혹은 다섯 장쯤 달린 가지를 고심해 고르며 필요한 만큼의 잎을 조심스레 자른 뒤 남천에게 몇 번이나 더 미안하다는 말을 반복하고 나서야 레스토랑으로 들어갔다.

남천은 레스토랑에서 자신의 잎이 요긴하게 쓰인다는 사실을 알고 있었다. 남천의 잎은 레스토랑 S에서 꽤 중요한 가니시로 사용되었고, 남천이 이곳에서 살아가는 것도 그 때문이었다. 어쨌건 매해 가을과 겨울에 걸쳐 자신의 능력이 허락하는 내에서는 그들에게 잎을 내어준 남천이었다. 물론 잎이 잘리는 행위에는 고통이 수반되었지만, 자신에게 주어진 운명이려니 하고 받아들였고 정말 그 일에 대해 별다른 생각은 하지 않았다. 다만, 그동안 자신의 잎을 잘라 간 이들이 필요 이상으로 잎을 낭비했다는 사실이 안타까웠고, 아직 숨이 붙어있는 어린잎들이 죽어가는 소리를 밤새 들어야 하는 건 고통이었다. 남천에게서 잘려 나간 뒤 레스토랑에서 쓰임이 다하였는지, 어린잎들은 며칠은 더 살 수 있었음에도 쓰레기봉투에 처박혀 밤이면 철문 앞에 버려졌다. 낡은 철문을 사이에 두고 쓰레기봉투에 갇힌 그들이 죽어가는 소리를 들으며 잠 못 이룬 밤이 하루 이틀이었던가. 그러고는 다음 날이면 또 잎을 잘라 가고, 살아있는 잎을 버리는 그들이었다. 상처가 아물 틈도 없이 무자비하게 생채기를 내던 이들이었다.

기에게 잎을 내어준 밤, 남천은 또 다른 이유로 잠이 들지 못했다. 그간 자신을 죽여가며 내어준 이파리들의 면면이 어둠 속에 서물거렸다. 그들에게 미안했다. 그동안 왜 아무런 저항 없이 어린잎을 그렇게 많이도 죽였던가. 저항은 못 하더라도 어찌 어린 잎들을 향한 애도의 시간조차 갖지 못했던 건가. 그게 누구였든, 또 얼마나 많은 잎을 죽였든 상관없이, 기가 아닌 이들에게 잎을 내어주었던 그 오랜 세월 동안의 고통으로 가슴이 미어져왔다. 그에 반해 기에게는 자신의 가장 싱싱한 잎을 내어주려 들지 않았는가. 남천을 앞에 두고는 눈물을 글썽이며 망설이던 기에게 얼마든지 잎을 잘라도 좋다고 외치지 않았나. 그건 오로지 기에게만 가능한 말이었고, 기에게만 허락된 잎인데 말이다. 소중한 잎들을 허비하며 헛되이 보내고 만 세월을 곱씹으며 남천은 혼란스러웠고 잎들은 말이 없었다.

기는 남천이 유일하게 자신의 낭비를 허락한 사람이
었다.

더 많은 잎을 잘라도 좋으니, 자신의 모든 것을 내어
주어도 좋을 테니 얼마든지 자신을 낭비하게 하고 싶었
다.

허나 기는, 최소한의 잎을 자르고 또 그 잎을 최대한
으로 아껴주는 사람이었다. 기는 하루에 적어도 두 번씩
은 잘라 간 잎이 든 그릇의 물을 갈아주었다. 남천이 사랑
하는 기는 잎을 자를 때마다 진심을 담아 미안해했고, 또
잘라 간 잎을 누구보다 아껴주었으므로 그의 행동 하나
하나를 세심하게 사랑할 수밖에 없었다. 기를 향한 사랑
이 깊어가는 한편 남천이 레스토랑 내에서 일어나는 일
을 알게 된 건 기의 배려가 있었기에 가능했다. 다름이 아
니라 기가 생명을 다해가는 잎들을 다시 남천의 곁으로
데려다준 것이었다. 그 덕에 생명의 끄트머리에 선 작은
생명들은 숨이 붙어있는 동안 제 쓰임을 다하다 그 생을
마감하기 전에 남천의 품으로 돌아갈 수 있었다.

기는 죽어가는 잎들을 모아다 퇴근하기 전, 남천이 심
어진 곳으로 되돌려주는 일을 잊지 않았다.

"고마웠어."

작은 이파리 하나도 쓰레기봉투에 집어넣는 일 없이 남천에게 돌려주며 기는 말했다. 이미 숨을 거둔 잎 하나까지도 남김없이 모두 남천에게 돌아왔다. 남천은 죽어가는 잎들의 마지막 순간을 함께하며 그들을 애도할 수 있었고, 생의 마지막 순간에 남천의 품으로 돌아온 잎들은 레스토랑에서 보았던 일들을 하나하나 알려주었다. 남천이 철문 뒤에서 듣고 보아온 세상 너머에는 그가 전혀 알지 못하는 드넓은 세상이 펼쳐져 있었고 그 중심에는 당연하게도 기가 있었다. 어린잎들이 조곤조곤 이야기해주는 레스토랑의 전경을, 사건 사고와 일상을 들으며 남천은 가을과 겨울의 밤이 조금도 춥지 않다고 느꼈다. 항상 곁에서 기가 지켜봐주고 있는 것만 같았다.

가을이 지나고 겨울이 조금씩 기승을 부리자 남천을 만지는 기의 손이 부쩍 차가워졌다. 남천의 잎을 만져줄 때도 차가웠고, 조심스레 이파리를 자를 때도 차가웠다. 차가운 기의 손을 느끼며 남천은 슬펐고, 남천의 곁으로 돌아온 어린잎들 역시 슬픈 얼굴로 입을 모아 말했다.

"나는 이제 기의 얼굴만 봐도 눈물이 나."

"시원한 물로 우릴 씻겨줄 때… 기의 손이 물보다 더 차가웠어."

"손이 퉁퉁 불어 터지지는 않을까 싶어 얼마나 가슴을 졸였는지 몰라. 정말 새빨갛게 손이…."

잎들이 들려주는 기의 일과는, 아침마다 철문을 열고 인사를 건네는 기의 얼굴을 마냥 행복하게 바라볼 수 없게 했다.

맑은 얼굴을 하고 레스토랑에 들어서는 동시에 분주하게 움직이며 일을 하는 기를, 잎들은 안쓰럽게 바라보았다. 밤새 꽁꽁 얼어붙은 레스토랑은 들어서자마자 난방을 해도 따뜻해지는 데에 꽤 오랜 시간이 걸렸고, 추위를 뚫고 왔을 기는 몸을 녹일 새도 없이 일을 시작했다. 이른 시각임에도 부지런히 움직여야만 할 일을 끝마칠 수가 있던 기는 차가운 물에 손을 담가 쌀을 씻고 또 씻었다. 누구 하나 보는 이도 없는데 그 차가운 물에 맨손을 담그고 쌀을 씻는 그는, 이따금 참지 못하여 건진 손을 호호, 하고 불어가며 그 일을 반복했다. 새빨갛게 언 손으로 파를 얇게 썰었고, 그 파를 다시 차가운 물에 담가 헹구는 일을 계속했다. 양파도 당근도 하나같이 차가운 물에 씻어야 했던 기는 마를 씻어 손질하는 일을 가장 고되어했다. 기의 손은 이미 터질 듯 부풀어 감각도 없어 보였다. 그나마 기가 설거지를 할 때는 고무장갑을 끼고 따뜻한 물을 틀 수도 있어 안도하며 볼 수 있었다는 잎들의 이야기에 남천의 가슴은 아려왔다.

차가운 기의 손이 잎에 닿을 때마다 땅속 깊이 뻗은 뿌리에서부터 끌어올린 대지의 기운으로 가능한 한 가장 따듯한 온도를 잎사귀의 끝으로 모은 남천은 아주 조금이라도 온기를 전해주고자 했다. 잠깐만이라도 그의 손이 따뜻했으면 싶은 남천의 바람은 과연 기에게 닿을 수 있었을까. 기의 손이 닿는 남천의 잎사귀 끝이 붉게 물드는 겨울날이 끝을 향해 가고 있었다.

해가 바뀌고, 길었던 겨울이 얼마 남지 않은 어느 날, 평소와는 다르게 기의 얼굴이 유난히 슬퍼 보였다.

"우리, 이제 못 만날 수도 있어…."

기는 남천을 평소보다 느린 속도로 천천히 만져주었다. 구석구석 작은 잎까지 놓치지 않고 정성스레 만져주며 말했다.

"그동안 너무 미안했어. 내가 너를 너무 많이 망친 건 아닐까?"

남천은 아니라고 소리치고 싶었다. 그렇지 않다고, 나는 네게 나를 내어줄 수 있어서 한없이 기뻤다고, 그것만

이 내가 할 수 있는 유일한 사랑의 표현법이었다고 말하고 싶었다. 남은 잎을 모두 잘라 가도 좋으니 다음 날에도 아무렇지 않게 다가와 인사를 건네주면 안 되겠냐고, 갑자기 무슨 소리를 하는 거냐고, 농담이라 말해달라고 애원하고 매달리고 싶었다. 그러나 남천은 여전히 나무에 불과했고 어떤 말도 할 수 없는 처지였다. 친구 기를 애타게 부르고 싶었지만, 기는 남천의 속은 모르는지 하릴없이 이파리만 매만지고 있었다.

기는 남은 잎 모두를 빠짐없이 만져주고 난 뒤, 구석에 있는 호스 옆으로 쭈그려 앉았다. 기가 남천에게 물을 줄 때 쓰던 호스였다. 기는 정말로 오늘이 마지막인 것처럼, 떠나는 사람이 작별인사를 하는 것처럼 얼어붙은 호스를 천천히 쓰다듬고 있었다. 고개를 들어 남천을 바라보던 기가 눈물을 흘렸다.

그날은 늦은 밤까지 레스토랑이 불을 밝히고 있었다. 평소라면 레스토랑이 문을 닫고 모두가 퇴근했을 시각이었는데, 조촐한 회식이 있는 듯했다. 시간이 얼마 지나지 않아 한창 회식 자리가 무르익을 즈음에, 철문 너머로 커다란 가방을 짊어지고 가는 기의 뒷모습이 보였다. 그의 한 손에는 조리화가 쥐어져 있었다. 기가 처음 레스토랑에 왔을 때부터 매일같이 신던 조리화는 그의 고된 업무를 증명하듯 그새 많이 더럽혀져 있었다. 어둠 속에서도 그런 건 남천의 눈에 잘 보였다.

뒤도 돌아보지 않고 빠르게 멀어지는 기의 모습을 보며 남천은 직감적으로 알 수 있었다. 그 모습은 남천이 본 기의 마지막 모습이었다.

아직 겨울은 남아있었다. 미처 봄이 오지도 못했는데, 아직 어딘가로 떠나기엔 추운 날씨인데, 기가 떠났다. 남천은 기가 조금만 더 머물다 떠났으면 싶었다. 마지막으로 보여준 모습이 하필이면 가지가 앙상한 겨울의 초라한 모습인 게, 그래서 그가 기억할 자신이 지금의 볼품없는 모습인 게 싫었다. 아주 조금만 더 기다려주어 머지않아 찾아올 봄이면 남천은 그간 만들어낸 중 가장 푸른 잎들을 그에게 내어줄 수 있을 텐데 말이다. 기가 아무리 많은 잎을 잘라가도 새로이, 그리고 무성히 피워낼 수 있음을 보여주고 싶은 남천은 결국 그러지를 못했다. 겨우내 노력한 결과를 그에게 보여주지 못했다. 오직 그를 위해 애를 쓰고 참아온 결실이건만 그에게만 보여주지 못했다. 남천에게는 다가오는 봄에 새순을 틔울 이유가 없어졌다.

기가 남천에게 주었던 것만큼 영양이 가득한 맛있는 물을 적당하게 주는 사람은 나타나지 않을 것이 틀림없었다. 타들어가는 갈증을 느끼며 남천은 슬픈 나날을 보내야 했다.

남천은 2014년 가을과 겨울에 그랬던 것처럼 제 잎을 그토록 아름다운 붉은빛으로 물들일 수 없을 것이다. 왜냐하면 기가 없기 때문이다. 기에게 매번 아름다운 잎을 선사하기 위해 적절한 속도에 맞춰 잎을 홍색으로 물들이던 남천이었으니까. 2015년 봄에 남천이 겨우내 쌓아온 결실로 피어난 것과 같이 싱싱하고 많은 잎을 만들어낼 수도 없을 것이다. 왜냐하면 그걸 보여줄, 그런 삶의 의지를 태워준 기가 없기 때문이다. 남겨진 남천은 봄이 오자 자신의 의지와는 상관없이 새로이 피어나는 싱그러운 잎을 보며 기의 빈자리를 더욱 크게 느꼈다. 만일 기가 떠나지 않고 남아주었다면, 아마 이보다 훨씬 무성하고 푸르른 잎을 만들어냈을 텐데, 남천은 생각했다.

그럼에도 2015년의 봄에는 지나간 겨울의 결실로 푸릇한 싹이 움트기 시작했고, 남천은 세상에서 가장 아름다운 잎으로 가득했다.

포근한 날씨의 봄날, 남천이 새로 피워낸 여린잎으로 눈송이가 하나씩 떨어졌다. 때에 맞지 않게 내리는 눈이었다. 남천은 봄눈을 맞으며 조금도 움직이지 않고 작은 잎사귀 위로 눈을 쌓아 올렸다. 얼어붙은 흙 위로 소복하게 눈을 쌓아 올렸다. 봄눈은 기의 안부가 틀림없었다. 남천은 그렇게 생각하며 잎으로, 또 흙으로 쌓인 눈을 덮은 채 갈증을 달랬다.

이미 몇 해가 지난 일이다. 기를 사랑한 후에 남겨진 남천은, 오랜 시간이 지난 지금까지도 그를 떠올리고 있다. 여전히 그를 사랑하고 있는 걸까. 남천은 아직도 사랑이 무엇인지 모른다. 그를 사랑한다고 말할 수 있는 지도 모른다. 그러나 남천이 알지 못하는 사랑에 관하여 그 모든 기준은 오직 기, 그 하나만을 삼을 수밖에 없다. 남천의 삶에 유일한 사랑은 기였으니까. 풍족하지 않은 환경에서 사는 남천이지만, 주어진 작은 땅과 그 땅을 이루는 흙, 그 속에서 함께 부둥켜 살아가는 수많은 작은 존재들과 여전히 살아가고 있다. 내리쬐는 태양과 작은 철문으로 드는 바람, 가장 좋아하는 온도의 비까지도 모두를 사랑하며 살아가고 있다. 그러나 남천이 그들을 사랑하는 마음과 기를 사랑하는 마음에는 차이가 있다. 물론 남천은 그게 무언지 모르지만, 남천이 그들을 기다리는 마음과 기를 기다리던 마음에는 분명히 다른 점이 있다는 걸 남천은 알고 있다.

남천은 매일 철문 너머로 지나는 사람들을 보며 기의 안부를 걱정한다. 스치는 그들은 과연 사랑이 무엇인지 알고 있을까 싶어 그들이 말하고 나누고 행하는 사랑을 묻고 싶다. 그들에게 사랑을 배울 수 있는 곳을 알려달라 청하고 싶지만, 남천은 그걸 물을 수도, 설사 알게 된다 하여도 그곳으로 갈 수도 없는 나무로 태어났기 때문에 꿈쩍 않는 뿌리가 원망스럽다. 여전히 레스토랑 S에서 뿌리를 내리고 살아가는 남천은, 구석진 곳의 철문 뒤에서, 저 멀리 기가 오지는 않을까 싶어 고개를 빼꼼 내밀어본다. 보이지 않는 멀디먼 곳에 있는 기가 다시 찾아오지 않아도 부디 자신을 잊지 않기를 바라는 마음으로 하늘을 올려다본다. 봄에도 눈이 내릴지 모를 일이다.

기의 손길이 닿음과 동시에
남천의 온몸이 파르르 떨렸던 건
어쩌면 단순히 작용에 따른 반작용이었는지도 모른다.

떠난 사랑의 안부는 남겨진 친구의 몫이라

안녕하세요, 작가님. 바로 본론으로 들어갈까 하는데요.

'사랑한 후에'라는 주제를 받고 가장 먼저 어떤 생각을 했나요?

사실 저는 소설집 『저크 오프』의 표제작인 「저크 오프」를 쓸 때, '사랑한 후에', 그리고 '사랑해버린 후에'라는 말을 오래 곱씹은 적이 있어요. '후에'의 시점에 관해서였죠. '사랑한 후에'에서 말하는 시점이 사랑하게 된 이후, 다시 말해 사랑하고 있는 중을 말하는 건지, 그게 아니라면 사랑을 하고 그 사랑이 지난 뒤, 사랑이 끝난 시점을 말하는 건지를 말이죠.

기는 남천을 평소보다 느린 속도로 천천히 만져주었다.

그렇다면 「봄눈을 기다려」 역시 그 '시점'에 관한 이야기인 가요?

그렇진 않아요. 시점에 관한 이야기를 풀어낸 뒤 「봄눈을 기다려」를 쓰면서, '사랑한 후에'라는 말이 사랑이 끝난 후에 남겨진 위치에 서는 자들의 말인 것 같다고 생각했어요. 이어서, 그들은 왜 남겨진 자가 되어야 했을까 하는 생각으로 확장했고요.

남겨진 자들의 말이라… 쓸쓸한 풍경이 그려지는데요.

맞아요. 선후 관계는 기억나지 않지만, 이 글을 쓰기 시작하던 즈음에 '사랑한 후에'를 오래 들여다보니 한 가수의 노랫말이 떠올랐어요. 어느 가을날, 강원도 산자락에서 맞았던 바깥바람의 기억을 품고 있는 쓸쓸한 풍경의 곡이죠. 강원도로 향하는 버스에 몸을 실은 지난겨울에, 그 노래를 오랜만에 들었어요. 가방에 든 시집을 꺼내 읽으면서요.

지난겨울에 들은 노래와 읽은 시에서 이 글이 시작된 건지, 남겨진 이들의 언어, '사랑한 후에'가 토대를 잡은 게 먼저인지는 누구도 모르는 일이 되어버렸군요.

그렇죠. 비슷한 시기의 일이라 얽힌 채로 망각과 가까운 기억 어딘가에 남아있겠죠. 버스에서 읽었던 시에 관해 얘기하자면, 황동규 시인은 시 「낯선 외로움」에서 '풀에겐들 왜 저만의 슬픔과 기쁨이 따로 없으랴'라고 말해요. 풀은 남겨지는 위치에 놓이죠. 뿌리를 내리고 살아가는 식물은 의지에 따라 이동할 수 없으니까요. 제가 「봄눈을 기다려」에서 주인공 남천을 식물로 내세운 건 그의 시를 읽은 뒤 자연히 일어난 걸까요?

그럴 가능성이 높아 보이는데, 어떻게 기억하고 있나요?

글쎄요. 저는 어려서부터 풀과 나무를 가까이 두고 살았어요. 그 덕인지 여전히 식물의 소리에 귀를 기울이곤 하죠. 말이 없는 식물은 어쩐지 소외된 사람들과도 닮아 더욱 그러한지 모르겠어요. 그런 생각을 하다 보면 이미 「봄눈을 기다려」의 주인공은 식물이었고, 식물의 감정을 말하는 시에 눈길이 가지 않았나 싶기도 해요.

어느 소설 속 남자는 들꽃을 들여다보는 일을 소홀

히 하지 않고, 풀꽃과 이끼 낀 바위의 추억을 안고 살아 가는 사람도 있어요. 인도에 설치된 소화전을 둘러 옹기 종기 피어난 강아지풀과 불가능을 뚫고 싹을 틔운 생명 을 응원하는 사람들도 더러 있죠. 식물은 우리와 얼마나 가까이, 그와 동시에 멀리 관계하고 있을까요? 식물을 기른다는 건 어떤 의미가 있는 행위일까요? 요즘 반려식 물이라는 말이 자주 들리는데, 그들 역시 하나의 생명인 데 말이죠. 저는 이렇게 궁금한 게 너무 많아서 멈추지 못하고 글을 쓰는 건 아닐까 하는 생각을 하곤 해요.

「봄눈을 기다려」가 아닌 다른 글에서도 식물이나 소외된 이들의 이야기를 많이 해오셨죠. 「봄눈을 기다려」 역시 그동안 써오신 글들의 연장선에 있다는 느낌이 들어요.

저는 우리가 길을 걷다 만나는 식물에 조금씩만 시 간을 들여봤음 해요. 어쩌면 그들이 바라는 건 인적 드 문 대자연에서의 삶이 아니라, 스치는 우리가 저들의 말 한마디를 들어주는, 아주 작고 사소한 행동인지도 모를 일이죠. 우리 모두의 오늘이, 말이 없는 식물과 또 그와 멀지 않은 이들의 손을 놓지 않기로 다짐하는 날이 되 기를 바라거든요. 우리가 조금씩만 노력한다면 그들에 게도, 그리고 당신과 나의 삶에도 조금은 달라지는 일이 생길 수 있지 않을까 하는 기대를 담아서요.

추가로 하고 싶은 얘기가 있을까요?

고백을 하나 하자면, 이 글은 여러모로 기획된 글이에요. 소설의 배경이 되는 레스토랑 S와 그곳에 심어진 남천 나무가 실재하는 건 물론, 주인공 기^{guy}의 모델은 대학 졸업 후 첫 직장으로 레스토랑 S에서 근무한 저예요. 「봄눈을 기다려」는 레스토랑 S를 포함해 청담동에 위치한 레스토랑 다섯 군데에서의 경험을 토대로 기획된 연작 소설 『청담동 레스토랑』(가제)의 첫 이야기예요. 물론, 연작 소설에서는 주인공 기^{guy}의 시선을 담아 새로운 글이 나오겠지만요.

연작 소설에서 선보일 남천과 기^{guy}의 또 다른 이야기도 기대가 되는데요. 끝으로 한마디 하자면요?

식물을 닮은 얼굴이 있어요. 그런 얼굴을 만나게 된다면, 단언컨대 그를 또 사랑하겠습니다.

이 글을 읽은 우리 모두 약속 하나만 할까 해요. 새끼손가락도 걸고 엄지도 맞붙여 도장도 찍고요. 마지막으로 손바닥 맞대고 우리 머릿수만큼 복사도 해요. 이제 우리 약속한 거예요.

자, 그러니 우리, 부디, 사랑을 멈추지 말아요.

이도형

곡

영은

-

모든 풍경이 멈춘 듯이. 하늘은 불그스름했고 강의 푸름 위로 붉음이 번졌다. 해는 어디 있는지 알 수 없었다. 수면에는 잔물결 하나 없었다. 언제까지 이렇게 침묵해야 할까. 세계는 그리고 나는. 영은은 생각하며 강가의 풀 위를 걸었다. 조금 전까지는 분명 추웠으나 지금은 볼이 따뜻했다. 소리 없이 번지는 붉은 윤슬 때문인지도 몰랐다. 손은 여전히 차가웠지만. 영은은 얼마나 걸었나 궁금하여 손목을 보았으나 항상 차던 얇은 손목시계는 거기에 없었다. 영은은 고개를 갸웃했다. 시계를 어디서 풀었는지 기억나지 않았다. 그녀는 꽤나 걸었지만 이상하게 피곤하지 않았다. 영은은 멈춰 서서 뒤돌아보았다. 풀 위로 남은 발자국 흔적 하나조차 없었다. 그녀는 그만큼 가벼웠다.

하늘은 약간 어두워지는 것도 같았으나 수면엔 여전히 붉은 구슬들이 굴러다녔다. 달이 뜨면 저 반짝임들은 색을 바꾸겠지. 그런데 달이 뜨기나 할까. 영은은 생각하며 계속 나아갔다. 다리가 보이면 건너편으로 건너갈 작정이었다. 하지만 반짝이는 것들은 시간이 지날수록 흐려지지 않았나. 빛이 점점 어두워지는 것일까. 아니면 어둠이 점점 빛나는 것일까. 영은은 궁금했다. 사람은 한 명도 없었다. 영은은 계속 걸었다.

얼마나 걸었을까. 다리는 보이지 않았다. 그녀는 한숨을 쉬고 풀 위에 앉았다. 땅은 약간 차갑고 건조했다. 천변에는 벤치가 없었다. 영은은 강 건너를 바라봤다. 아득했다. 푸른 잔디와 붉은 하늘과 반짝이는 강물은 선명했다. 대기의 채도마저 짙어 그녀는 답답했다. 얼마나 멀리 가야 이 기억이 사라질까. 사라지지 않는 기억과 함께 사람들은 어떻게 살아가는 걸까. 나는 어떻게 해도 기억이 남아 아직 이렇게 아픈데. 남은 기억과 함께 나는 대체 어디까지 가야 하나. 여기는 어딜까. 모든 기억이 사라졌으면 좋으련만. 영은은 두 다리를 세워 모으고 무릎을 감쌌다. 그러고는 고개를 묻었다.

너무나도 추운 밤이었다. 여름도 아닌데 비는 온종일 내렸다. 비가 이렇게 시끄러울 수도 있구나. 비는 무서운 타악기처럼 지붕을 때리고 도로를 때리고 창문을 때리고 영은을 때렸다. 빗소리가 곧 천둥소리였다. 비는 지붕을 부수고 도로를 부수고 창문을 부쉈다. 그렇게 들어온 빗줄기가 영은을 때렸다. 빗소리가 온 세계를 울리고, 공명하여 영은의 몸도 울렸다. 영은의 온몸이 젖었다. 오들오들 떨면서 영은은 명을 떠올렸다. 명도 이렇게 추웠을까. 영은은 명의 마지막 웃음이 선명하게 떠올랐다. 명의 가방 속에는 영은이 싸준 도시락이 있었고, 현관을 나서기 전 아침 입맞춤을 했었고, 집 밖에선 명의 친구들이 기다리고 있었다. 명이 떠나고 영은은 옷을 갈아입고 화장을 하고 출근했다. 분명 출근을 했는데. 그 뒤로는 기억나지 않는다.

　영은은 비로 젖은 얼굴에서 눈물을 떼어내려 했다. 하지만 비는 쉬지 않고 내렸다. 영은은 명이 떠난 날 어떻게 명의 소식을 처음 들었는지, 어떻게 자신이 집으로 돌아왔는지 기억나지 않았다. 뉴스에서는 명과 친구들에 관한 이야기를 하루 종일 보도했다. 보도 내용은 자꾸만 바뀌어서 그녀는 명에게 직접 물어보고 싶었다. 직접 물어볼 수 있을 거라 믿었다. 그래서 그녀는 계속해서 명에게 전화를 걸었다. 며칠 밤낮을 그랬는지 그녀는 몰랐다. 마침내 통화 대기음이 아닌 핸드폰이 꺼져있다는 말이 흘러나올 때 영은은 정신을 잃었다. 깨어나 그녀는 집 안의 모든 전기를 꺼버렸다. 그리고 비가 왔다.

영은은 울었다. 무릎을 감싼 팔이 떨렸다. 분명 이제 비는 오지 않고, 더 이상 춥지 않았지만 그녀의 가슴속에서는 여전히 장대비가 창문을 부수며 들어오고 있었다. 그 빗물이 가슴을 채우고 목을 채우고 눈시울을 채우고 넘쳤다. 영은은 명을 다시 보고 싶었다.

락샤프

-

　모든 소망은 간절하다. 다만 신에게는 인간의 모든 소원을 이뤄지게 할 능력이 없다. 이것이 그가 사원에서 지내며 내린 결론이었다. 부족에는 신을 모시는 사원이 있었다. 사원은 마을 뒤편의 큰 산 중턱에 있었다. 출정하기 전 부족장은 사람들을 사원으로 불러 모았다. 동이 틀 무렵 마을 사람들은 줄줄이 산을 올랐다. 의식이 시작되면 그들은 엎드려 절을 했다. 모두의 이마가 땅에 닿을 때 제사장은 노래를 불렀으며 간택된 자가 제단의 불 속으로 걸어들어 갔다. 불 속으로 들어가는 영광스러운 자는 제사장의 지목으로 결정되었다. 제사장은 마을에서 가장 생기 있는 젊은이를 지목했다. 제물로 바쳐질 자의 가족에겐 부족장이 가죽과 고기를 내렸다. 불 속으로 들어간 사람이 마침내 재가 되면 제사장의 노래는 끝났고 군대는 출정했다. 누가 간절하지 않았을까. 의식은 매번 같았으나 전쟁은 이길 때도 질 때도 있었다.

　락샤프는 사랑했던 사람과의 마지막 포옹을 여전히 기억한다. 불 속으로 들어가기로 되어있던 그 사람은 순간 방향을 바꾸어 락샤프에게 뛰어들었다. 두 팔이 락샤프의 등을 감쌌다. 락샤프의 두 팔이 그녀의 등을 마주 감쌌다. 가슴과 가슴이 포개졌다. 세상에서 가장 짧고 가장 깊은 포옹이었다. 그 포옹의 기억은 몇 세기를 지나도 이어졌다. 락샤프는 마을의 평범한 청년이었고 그건 그녀도 마찬가지였다. 제사장이 왜 그가 아닌 그녀를 택했는지 아무도 몰랐다.

병사들이 뛰쳐나와 젊은 남녀를 떼어놓았다. 병사들은 그녀를 불 속으로 끌고 갔다. 남은 병사들은 칼로 락샤프를 겨누었다. 머리카락에 불이 붙기 직전 그녀는 락샤프를 향해 소리쳤다. 제사장의 노랫소리와 장작이 타는 소리, 칼이 공기를 겁박하는 소리에 그녀의 목소리가 뒤섞여 분간되지 않았다. 락샤프의 눈앞에서 칼날이 번쩍였다. 잘 벼려진 칼날에 그녀가 타오르는 불빛이 반사되었다. 락샤프는 아무 말도 하지 못했다. 그는 눈을 감았다. 하지만 그의 두 귀는 어느 때보다도 섬세하게 자신의 역할을 다했다. 제사장의 노래와 그녀의 비명이 함께 귀를 찔러왔다. 눈물이 쏟아졌다.

의식이 끝난 뒤 군대는 출정했고 락샤프는 감옥에 갇히게 되었다. 군대가 전쟁에서 패배한다면 그 이유는 출정 의식이 부정하였기 때문이라 치부될 것이었다. 사람들은 부정한 의식으로 인해 신이 돕지 않았다 여길 것이었다. 그리고 그 부정함은 모두 락샤프에게 원인이 있었다. 영광스럽게 신에게 가야 할 자를 지상에서 붙잡으려 했으므로. 하지만 전쟁은 크게 이겼고 들뜬 부족장은 락샤프를 풀어주었다. 자유를 찾은 밤 그는 신전으로 향했다. 그는 신전의 촛불 아래서 죽을 때까지 울기로 마음먹었다. 촛농이 떨어지고 그의 눈물이 신전 바닥을 적셨다. 다음 날 아침 제사장이 울고 있는 락샤프를 발견했고 그를 거두었다.

시간이 흘렀다. 전쟁은 쉬었다가 다시 시작되기를 반복했고 그때마다 신전에서는 한 사람씩 타올랐다 꺼졌다. 락샤프는 불 속으로 들어가야 할, 불이 되어야 할 사람을 받드는 일을 맡게 되었다. 의식과 출정의 전날 제사장에게 지명된 자는 신전으로 불려 왔다. 그 사람은 신전의 샘물로 씻고 옷을 갈아입었다. 그런 뒤 제사장과 함께 해가 산 뒤편으로 넘어갈 때까지 기도를 드렸다. 락샤프는 마을의 가장 매력적인 젊은이들이 씻는 것을 도왔고 그들의 알몸을 보았고 그들에게 새 옷을 건넸다. 어둠이 내리면 락샤프는 그들과 같은 방에 갇혔다. 출정

의식 전날 락샤프는 그들이 다른 마음을 먹지 않도록 밤새 뜬눈으로 그들을 지켜봐야 했다. 그들의 이야기를 들어야 했다. 그 얼굴과 이야기들을 락샤프는 아직도 전부 하나하나 기억한다. 그렇게 그는 열두 명의 친구를 사귀고 불 속으로 인도했다.

락샤프와 연인이 갈라진 뒤 열두 번째 젊은이가 타오른 열두 번째 출정식이 있던 날, 제사장은 락샤프를 정식 사제에 임명했다. 정식 사제가 된 날 그는 제사장에게서 이름을 받았다. 부족에서는 부족장의 가족들과 사제들 그리고 군인 대장들에게만 이름이 내려졌다. 제사장은 그에게 '락샤프'라는 이름을 내렸다. 그들의 언어로 '다시 태어났다'는 뜻이었다.

락샤프는 제사장이 노래 부를 때를 제외하고는 그의 목소리를 거의 듣지 못했다. 노래할 때 제사장의 목소리는 때로 얇고 때로 굵었다. 제사장은 언제나 두건을 푹 눌러쓰고 있었으며 스카프로 눈 밑을 전부 가렸다. 락샤프는 그가 남자인지 여자인지 나이는 얼마나 되었는지 알지 못했다. 그건 다른 사제들도 마찬가지였다. 락샤프는 제사장이 자신을 락샤프라고 부르는 순간 온몸에서 끓는 통증을 느꼈다. 눈물이 흘러 눈앞이 아득해졌다. 그는 귀를 막고 싶었다. 연인의 마지막 비명을 들었을 때처럼.

이름을 받은 날 밤, 락샤프는 잠든 제사장의 침실로 잠입했다. 제사장은 두건과 스카프를 벗고 침대에 누워 있었다. 락샤프는 잠든 이를 내려다보았다. 숱이 적은 머리카락은 어깨까지 내려와 있었다. 눈가와 입가에 주름이 번졌으나 입술은 매끈했다. 어딘가 남자 같았고 어딘가 여자 같았다. 어찌 보면 노인 같았고 어찌 보면 그가 열두 번 밤을 새며 지켜본 사람들과 닮아있었다. 그는 품에 숨겨 온 단검을 꺼내 제사장의 목을 찔렀다. 검붉은 피가 울컥거렸다.

동시에 천지가 폭발했다. 락샤프는 하늘이 찢어지고 대지가 울컥거리는 소리를 들었다. 불 속으로 사라지던 연인의 비명이 다시 들리는 것만 같았다. 그는 순간 연인이 돌아왔다 생각하며 제사장의 침실 바깥으로 나왔다. 하늘에서 불이 쏟아져 내리고 있었다. 마치 그가 찌른 목에서 피가 솟구치고 흘러내리듯이.

사방에서 사제들이 비명을 지르면서 뛰어다녔다. 땅이 흔들려 뛰어다니던 사제들이 넘어졌다. 락샤프는 주위를 둘러보았으나 어디에도 그의 연인은 없었다. 락샤프는 몸을 돌려 신전 뒤의 산 정상을 바라봤다. 산봉우리에서 불이 뿜어져 나오고 바위들이 날아왔다. 불덩어리들이 날아다니며 신전을 무너뜨리고 불을 붙였다. 여기저기서 불에 타는 사제들을 보면서 락샤프는 대체 얼마나 큰 전쟁이 일어나려는 것인가 스스로 되물어보았다. 온 세계가 불타오르도록 누가 전쟁을 소망하는지를. 온 세계가 불타오르고 나서 전쟁에서 이기고 소망을 이룬들 무엇이 남아있을지를.

락샤프의 눈앞으로 떨어진 불덩이가 제단에 큰 불을 일으켰다. 그 불 속에서부터 연인의 비명과 그와 하룻밤 사이 친구가 되었던 열두 명의 목소리와 제사장의 노랫소리가 들려왔다. 그리고 그들이 모두 함께 그의 이름을 부르는 소리가 들렸다.

락샤프는 외마디 비명을 지르고 제단의 불 속으로 뛰어들었다.

영은

-

분명히 얕은 물결이 천변으로 부딪치는 소리가 들렸다. 영은은 다리에 묻고 있던 고개를 들었다. 이곳에서 처음 듣는 소리였다. 눈물과 함께 풍경은 번져있었다. 여전히 주위는 적당히 붉었고 밝았다. 영은은 천천히 초점을 되찾았다. 수면 위로 나룻배 한 척이 흐르고 있었다. 그녀가 없었다면 이곳에서 생명이 있다고 느껴지는 건, 아니 그저 움직이는 건 저 배뿐이었을 것이다. 마치 밤하늘을 유영하는 별처럼 배는 천천히 움직였다. 다만 하늘의 별과 달리 물 위에서 빛나는 윤슬은 순식간에 빛났다가 꺼짐을 반복했고, 움직이는 별은 오로지 배 한 척뿐이었다. 어디서 와서 어디로 가려는 걸까. 영은은 생각했다. 배를 물끄러미 바라보다 영은은 그 나룻배가 자신 쪽으로 다가오고 있음을 알아챘다. 매우 느리게.

명은 매우 천천히 다가왔다. 생이 영은을 시간의 폭포로 이끌 때도 있었다. 하지만 어느 시점에서는 영은 자신의 시간은 멈춰있고 세계가 영은에게 다가온다고 느낄 때가 있었다. 영은은 명을 통해서 그 감각을 더욱 강하게 느꼈다. 그러니 어찌 영은이 명이 다가오던 순간을 잊을 수 있겠는가. 영은에게 가장 아름다웠던 순간은 그렇게 다가온 명이 처음 자신을 불러주었을 때였다. 명을 안을 때나, 명이 웃을 때 또한 행복했지만 영은은 명이 웅얼거리며 자신을 처음 불렀을 때를 가장 아름다운 순간이었다고 기억한다.

나룻배의 윤곽이 영은의 시야에 완전히 들어왔다. 곧 이쪽에 닿을 듯했다. 배는 매우 작았는데 흰 토가를 입은 사람 한 명이 선상의 한가운데 서있었다. 배도 사람도 흔들림 하나 없었다. 그 때문인지 영은은 배가 움직이는 것이 아니라 모든 풍경이 전부 한꺼번에 다가오는 것처럼 느껴졌다. 배 위의 사람은 그저 물끄러미 영은을 바라볼 뿐이었는데 노질도 없이 배는 강가로 다가왔다. 영은의 발밑으로 배가 소리 없이 정박했다. 어느새 잔물결은 전부 사라지고 온 사위가 적막을 되찾았다. 흰 토가를 입은 남자가 내렸다. 키는 영은과 비슷했고 머리카락이 어깨까지 내려왔으며 눈동자는 붉었다. 목 아래로 온몸은 흰 천에 둘러싸여 있었다. 영은은 어쩐지 이 모든 풍경이 매우 평화롭게 느꼈다. 영은은 저 남자의 배를 타고 강을 건너야 함을 직감했다.

"건너로 데려가줄 수 있나요?"

영은은 발치로 다가온 남자에게 물었다.

남자는 한참 동안 대답 없이 영은을 가만히 보았다.

영은은 남자의 붉은 눈동자에 맺힌 자신의 모습을 응시했다.

그가 마침내 입을 열었다.

"당신도 이름이 있나요?"

그것이 영은이 들은 락샤프의 첫 목소리였다.

락샤프

-

시간이 시계 안에서 흐르지 않으므로 먼저 간 자와 나중에 출발한 자가 만나기도 한다. 누가 먼저 돌아오는지는 아무도 알 수 없다. 아무리 뛰어난 예언자라도.

그녀는 자신의 이름이 영은이라고 말했다. 영은, 사람들이 당신을 그렇게 불렀군요. 모든 사람의 목소리는 그 사람의 목소리를 닮아있어요. 락샤프는 속으로 말을 삼켰다. 언제나 그래왔듯이. 락샤프의 임무는 마지막 밤이 지나갈 동안 사람들의 이야기를 들어주는 일이었으므로. 자신의 이야기는 그녀와 함께 전부 타 사라졌으므로. 영은의 대답을 듣고 락샤프는 그녀 곁에 앉았다. 긴 토가의 자락이 영은의 발을 덮었다.

"건너갈 수 있나요?"
영은은 옆에 앉은 락샤프를 바라보며 재차 물었다.

락샤프는 고개를 돌려 영은의 눈을 바라봤다.
락샤프의 미간이 찌푸려졌다.
노래가 들려오지 않았다.

"영은, 아직 아닌 거 같은데요. 이런 적은 없었어요."

영은의 눈에서 또다시 눈물이 흘렀다. 락샤프는 영은의 눈물방울 속에 비친 자신의 눈동자를 발견했다. 눈동자에서 타오르던 불이 꺼져가고 있었다. 락샤프는 당황하여 영은의 눈을 다시 쳐다봤다. 영은은 손으로 눈물을 닦았다. 그렇게 영은과 락샤프는 서로의 눈동자 속에 담긴 자신을 마주했다. 반사된 자신이 떨고 있었다.

우리가 마주하는 세계

-

그들은 한동안 아무 말 없이 나란히 앉아 있었다. 영은은 흔들리지 않는 나룻배를 가만히 응시했다. 세상은 여전히 선명했다. 영은은 수면에 반짝이는 붉은 물비늘을 헤아리다가 옆에 앉은 남자에게로 시선을 옮겼다. 그가 배에서 내릴 때는 그의 눈동자가 수면처럼 붉다고 생각했었다. 이제 보니 붉음을 담은 검은 눈동자였다.

"당신의 이름은 뭐죠? 당신의 배는 다시 움직이지 않나요?"

락샤프는 눈을 깜박였다. 평소보다 더 짙고, 더 깊은 침묵에 빠졌다. 한참 후에, 물론 그동안 세계는 변하는 것이 없고 그 사실을 반성하지도 않는 것 같지만, 락샤프는 입을 열었다. 락샤프가 열두 명의 친구를 불꽃으로 인도하고, 다시 이 불꽃 같은 세계에서 수많은 사람들을 건너편으로 인도하는 동안, 누구도 그에게 물어본 적 없었다.

"저는 락샤프예요."

락샤프. 영은은 작게 소리 내어 그 이름을 되뇌었다. 그것이 이 사람의 이름이구나. 영은은 락샤프의 이름을 불러준 두 번째 사람이었다. 첫 번째는 그에게 이름을 내린 사람이었고. 그 사실이 락샤프를 무참히 흔들었다. 타버리고 재가 되어 날아가버렸다 믿었던, 이 무한하고 평온한 수면 아래 묻었다 믿었던 기억들이 돌아와 그를 다시 아프게 했다. 다른 사람의 이야기가 아닌 자신의 이야기가. 그는 생각했다.

아, 그녀가 나를 부를 수 있었더라면.
내가 그녀를 부를 수 있었더라면.
우리의 마지막 순간에.
우리가 각자의 불 속으로 떨어지기 전에.

영은은 그의 눈에서 눈물이 내리는 것을 보았다. 눈물이 흰 토가를 적셨다. 다시 한참이 지났다. 이 세계가 스스로를 반성하기 전에, 어떤 사람들은 스스로를 반성한다. 그 풍경은 아름답고 속상하다. 마침내 락샤프는 말을 이었다.

"그리고 배는 지금 움직일 수 없어요.

당신을 부르는 노랫소리가 들리지 않으니까.”

“그럼 당신이 그 노래를 불러주면 되겠네요.”

락샤프는 단호히 고개를 저었다.
“아니요. 그건 제 일이 아니에요. 제 목소리가 아니
에요.”

영은은 그를 좀 더 보채었으나 그는 묵묵부답이었
다. 영은은 자신이 떼를 쓰고 있음을 알았다. 영은은 그
노래라는 것이 무엇인지 알 수 없었다. 명이 떠나고 세
상은 때론 침묵했으며, 때론 떠들어댔다. 영은은 침묵과
소란 둘 다 싫었다. 침묵이 되었든 소란이 되었든 그것
은 자신의 문제여야만 했다. 그래야만 했다고 생각했다.
여기까지 와서 나는 대체 누구의 목소리를 기다려야 한
단 말인가. 그것이 누구든 간에 명의 목소리가 아니라면
평안이 아니지 않은가. 영은은 잠들기 전에 명이 잔잔히
불러주던 노래를 듣고 싶었다.

“아니요. 그게 아니에요. 당신 스스로가 더 잘 알 거
예요.

당신의 노래가 들려야 해요. 당신이 목소리를 내야 해요."

락샤프는 침착하게 말했다. 불을 잃어버리고 기억을 되찾은 그의 시야는 점점 흐려지고 있었다. 하지만 락샤프는 여전히 자신의 임무를 아주 잘 알고 있었다. 그동안 만난 사람들처럼 영은을 건너편으로 인도해서는 안 되었다. 어떻게 보면 영은이 자신을 도와주어야 했다. 영은은 락샤프의 말을 듣고는 붉은 윤슬로 반짝이는 강물을 바라보며 침묵하고 있었다. 락샤프는 알고 있었다. 기다림이 필요한 시간을. 누군가 이름을 잃고 빛을 잃은 뒤, 다시 노래를 부르고 빛을 볼 때까지 참으로 길고 힘든 시간을 버텨야 함을.

영은은 락샤프가 말해주지 않더라도 그 사실을 자신이 알고 있음을 깨달았다. 침묵이든 소란이든 명과 나의 기억이다. 다리는 없고, 배도 없다. 내게 주어진 건 내 두 다리뿐이고, 내 목소리와 내 이야기뿐이다. 하지만 명이 없는데, 명이 없는데. 젖은 몸이 마를 수 있을까. 젖은 마음이 견딜 수 있을까. 더 걸어갈 수 있을까.

"비가 억수같이 쏟아졌어요. 여름도 아니었는데."

영은이 속삭였다.

"떨어지는 건 신의 뜻일까요. 하늘에서 불이 내렸죠."

락샤프가 대답했다.

영은은 일어섰다. 세계는 그대로였다. 락샤프도 일어섰다. 영은이 그를 안아주었다. 락샤프는 영은을 마주 안았는데, 눈동자의 불이 사라져 이제는 앞이 전혀 보이지 않았다. 완전한 어둠 혹은 완전한 밝음 속에서 락샤프는 먼저 간 연인과 친구들을 보았다. 락샤프는 영은의 부축으로 나룻배에 올라탔다. 그는 자신이 무한하다 생각했던 왕복 여행이 끝났음을, 이제는 드디어 자신이 건너편에서 내려야 함을 알았다.

배가 아주 천천히,
우리가 기억을 새기고, 시간이 기억을 뒤덮고
다시 시간이 기억 위의 시간을 훑어내는 속도로
멀어져갔다.

영은은 멀어지는 배를 보며 가슴에서 솟아오르는 소리를 토해냈다. 그건 명의 목소리였고, 락샤프와 연인의 목소리였고, 불꽃이 된 사람들의 목소리였고, 흠뻑 젖은 사람들의 목소리였고, 자신의 목소리였고, 세상의 목소리였다. 영은은 그렇게 멀어져가는 배를 바라보며 노래를 불렀다.

마침내 시야에서 배가 사라지자 영은은 물속으로 한 발짝씩 걸어 들어갔다.

자신의 눈물샘 속으로. 다시 세계 속으로.

"우리 속에도 불이 있어요."
"우리 속에도 물이 흘러요."

다만 너무 추웠어요.
다만 너무 뜨거웠어요.

두 사람의 목소리가 멀어지며 희미하게 겹쳤다.

그래도 사랑했어요.

아우라지

-

3년 전 여름이었다. 나는 국토의 끝에서 끝까지 모든 골목에 어떤 이야기가 있을지 귀 기울이며 걷고 있었다. 골목을 걷다 보면 가장 잘 들리는 소리는 밥그릇과 숟가락이 부딪치는 소리였다. 그 즈음의 세계는 침묵에 빠져 있었다. 누군가 침묵을 강요하기도 했으며, 누군가 침묵을 슬퍼하기도 했으며, 누군가 침묵을 이용하기도 했으며, 누군가 침묵에 사로잡혀 있기도 했다. 침묵하는 세계는 겉으로 보기에는 평온해 보였다.

하지만 가슴에 천둥이 치고 비가 내리고 불이 붙는 사람도 있지 않겠는가. 누군가는 가슴에서 솟구치는 소리를 애써 억누르고 있지 않겠는가. 생의 침묵과 번개 사이에 강물이 흐르고 바람이 불고 사람이 지나가지 않겠는가. 침묵 속에서 역병처럼 번지는 그 이야기들이 침묵을 찢고 세상으로 흩어져야 비로소 침묵이 평온을 얻을 수 있지 않겠는가. 이런 생각에 사무쳐 있었으나 나또한 침묵하기는 마찬가지였다. 그 사실이 부끄러워 한데 있지 못하고 자꾸만 걸었던 것일 수도 있다. 장마와 태풍을 대비하여 가방에 작은 우산을 하나 넣고 다녔으나, 그해 8월 나는 한 번도 우산을 편 적이 없다. 그만큼 가문 시간이었다.

　단양을 흐르는 남한강과 소백산맥 아래 깊숙하게 숨은 충주호를 지나 제천에 도착했다. 제천역에서는 하루 두 번 정선으로 가는 무궁화호가 있었다. 기차는 금방 강원도로 들어섰고 영월을 거쳐 정선에 도착했다. 정선역에 내려 아우라지행 버스를 탔다. 버스에는 좌석 옆에 보따리를 내려놓은 노인 한 명뿐이었다. 이 땅의 더욱 깊숙한 곳으로 들어갈수록 침묵 또한 깊어졌고 초목은 짙어졌다. 마을은 작고 조용했다. 나는 돌담 위로 능소화가 핀 집에서 민박했다.

　평창에서 발원해 흐르는 송천과 태백에서 내려오는 골지천이 이 마을에서 만나 더욱 큰 강물을 이룬다. 두 줄기의 물이 어우러지는데 이 지역 말로 어우러짐을 아우라지라 하여 이곳을 아우라지라 부르게 되었다고 한다. 멀리를 돌아 온 강물들이 만나는 데에도 이토록 이야기가 있구나. 혀를 굴려 아우라지, 아우라지 발음해 보았다. 입 속에서도 물길이 생기는 것만 같았다. 나는 민박집에 짐을 풀고 강가로 나왔다. 둑길에 앉아 두 줄

기 물이 서로를 껴안으며 스치는 소리를 가만히 들었다. 애달프고 온유했다. 어둠이 하늘을 내려오고 산을 내려와 마침내 강물과 마을을 뒤덮을 때까지.

일어서서 천변을 따라 민박집으로 향했다. 도중에 한 여인의 동상과 안내판을 발견하고 멈춰 섰다. 안내판에는 비가 내려 천이 붙었을 때, 건너편에 연인을 둔 사람이 뱃사공에게 간절히 부탁하며 불렀다는 노래에 관한 오래된 이야기가 적혀있었다.

저 너머가 보이지 않네요. 과연 노래가 들렸을까요?

불쑥 인기척이 느껴지고 한 여자가 곁으로 와 동상을 보며 말했다. 어둠 속에 실루엣이 흔들리고 물소리가 섞여 어지러웠다. 어깨를 으쓱하며, 글쎄요 어둠이 내려도 보이는 무언가가 있어서 노래를 부르고 이렇게 이야기로 남지 않았을까요, 대답했다.

여행자신가요?
네. 여기 마을에 잘 곳을 구했습니다.
저는 건너편에 살아요.

처음 천변으로 나왔을 때 강물을 건널 수 있는 돌다리를 보았다. 다만 반대편으로는 인가가 보이지 않아 건너볼 생각은 하지 않은 터였다. 그럼, 물소리 잘 듣고 가세요. 다가왔던 여자는 돌다리 쪽으로 걸어 내려갔다. 어둠이 금방 그녀의 실루엣과 목소리를 삼켰다. 여인의 동상이 우두커니 서서 그녀가 사라진 곳을 응시했다. 민박집으로 돌아오니 한밤중이었다. 나는 책상을 끌어와 노트를 펴고 이 이야기를 쓰기 시작했다. 귓가에서 물이 흐르는 소리가 맴돌았는데 마치 누군가의 서늘한 노랫소리 같았다.

명이 떠나고 영은은 옷을 갈아입고
화장을 하고 출근했다.

분명 출근을 했는데. 그 뒤로는 기억나지 않는다.

잔몽

-

잠에서 깨는 순간 어렴풋이 보이는. 꿈에서 깨는 순간 같이 흩어지는. 그 풍경을 현실이라 할 수 있을까. 꿈에서 빠져나왔지만 어딘가 자연스럽지 않은. 환상이라기엔 조금 부족한. 절반은 어둠 속에, 절반은 미명 속에. 남아있는 지금을.

비트겐슈타인은 <대 타자원고>에서 철학의 목표는 언어가 끝나는 곳에 울타리를 세우는 일이다, 라고 썼다. 나는 그 부분을 읽으면서 그렇다면 시의 목표는 그 울타리에다가 문을 만드는 일인가, 라고 물어보았다.

두 사람의 목소리가 멀어지며 희미하게 겹쳤다.

그래도 사랑했어요.

꿈의 언어와 시의 언어가 같은가. 그렇지 않다. 꿈의 언어에는 논리가 없다. 그렇다면 시의 언어에는 논리가 있는가. 시인만의 논리가 있다. 하지만 모두의 논리가 아니라 개인의 논리라면 그 논리를 논리라 할 수 있는가. 다시 하지만 모두가 동의할 수 있는 논리라는 것이 있는가. 그렇다면 논리란 없는 것인가. 모두가 다른 꿈을 꾼다. 모두가 다른 말을 한다. 하지만 우리는 그 진실을 논리적으로 말할 수 없다. 따라서 우리는 서로가 대충 같은 꿈을 꾸고 있다 여기며 살아가고, 서로를 이해하는 줄 안다. 혼자서 말을 하는 중이면서도 대화를 하고 있다고 여긴다. 두 사람이 있다면 두 사람 사이에는 이해가 아닌 심연이 있다. 대화는 단지 멀리 떨어진 양쪽 절벽으로 치는 파도 소리일 뿐이다. 그럼에도 불구하고 우리는 꿈꾸기를 지속하고 강 건너편으로 말을 건네기를 포기하지 않는다.

명은 강의실에서 나와 정문으로 향했다. 인문대 건물은 캠퍼스의 가장 높은 곳에 있었고 정문은 가장 낮은 곳에 있었다. 은행잎들은 눈이 아프도록 빛났다. 밟혀 터진 은행들의 잔해에서 오른 냄새가 코끝을 찔렀다. 내리막을 걸을 때는 발끝이 아프다. 특히 엄지발톱이 아팠다. 명은 얼굴을 찡그리며 기침을 했다. 계절을 내려갈 때의 느낌이 그랬다. 명은 정문 앞에서 기다리는 그녀를 작게 불러보았다.

어떤 파도는 가슴의 벼랑 아래 영원히 살고,
그 벼랑에 묶인 기억이 아직까지 나를 살게 한다.

나는 강의실로 들어갔다. 노교수는 알레테이아^{aletheia}란 무엇이냐고 물었다. 나는 레테강을 되돌아오는 것입니다, 하고 대답했다. 노교수가 고요히 말을 받았다. 그렇습니다. 고대 그리스인들은 삶이 끝난 뒤 망각의 강인 레테^{lethe}강을 건너며 생전의 기억을 모두 잊어버린다고 믿었습니다. 알레테이아^{aletheia}란 망각을 뜻하는 레테^{lethe}에 부정접두어 a가 결합한 단어입니다. 즉 망각의 강을 거슬러 온다는 뜻입니다. 잊었던 기억을 다시 찾는다는 뜻입니다. 이런 이야기가 스며들어 있는 알레테이아^{aletheia}는 고대 그리스인들에게 진리를 뜻하는 단어였습니다. 생의 가장 중요한 기억과 사실들을 우리는 망각하고 있으나 실은 그 진리가 다른 곳이 아닌 바로 우리 자신 안에서 은폐되어 있다가 드러난다는 의미에서요.

새벽에 깨어 창밖을 보니 강 위에 배가 한 척 떠있었
다.

마음의 닻을 올려야 한다.

성현

민트맛 아이스크림

1

저는 아직 제가 무엇인지 모르겠습니다.

어쩌면 굴러가는 바퀴 사이에 낀 껌처럼 구차하지만 질긴 삶을 살고 있을 수도 있겠습니다. 하루가, 일주일이, 한 달이, 굴러가는 바퀴처럼 반복되며 몸이 닳아가는 건 아닐는지요. 바퀴도 마모되거나 구멍이 나서 수명이 다하면 버려지듯이 제 인생도 그렇게 끝이 나는 것인지 모르겠습니다. 반복이 주는 안정감에도 속도가 붙으면 불안해지기 마련이지만, 그렇다고 뾰족한 삶을 살기엔 제가 너무 연약한 탓도 있겠지요. 모난 돌이 굴러 둥근 돌이 되고, 둥근 돌이 깨지고 나뉘어 모래로 뿌려지고, 가벼운 바람에도 날리는 먼지가 되어 사라지는 게 인생이라면, '삶'이 곧 '사람'이 되고, 모난 '사람'이 굴리고 깎여 '사랑'이 되는 과정도 이와 같지 않을까요. 이렇게 문자를 갖고 노는 건 제 오래된 취미입니다만, 가끔은 이런 저의 취미와 농담을 이해해주는 이도 있으니 저를 바라보며 너무 이상하다 걱정하지 않으셔도 괜찮습니다.

얼마 전 저에게는 이상한 일이 있었습니다. 이상한 사람과의 만남이 있었습니다. 이상한 사람과 만나 불현듯 사랑에 빠지고 말았지만, 알 수 없는 이유로 쉽게 멀어지게 된 일이 있었습니다. 남의 사랑 이야기가 늘 그렇듯 저에게 이상한 일이 당신에게 식상한 일이 될 수도 있겠습니다. 그러나 공감과 위로가 필요한 곳에 당신이 계시기를 바라는 마음으로 이 이야기를 꺼내어봅니다. 우리가 사는 이 고독한 세상에서 공감과 위로야말로 어쩌면 가장 소중한 가치인 것은 아닐까요. 아실는지는 모르겠지만 저는 한때 '벙어리'라는 별명이 있었을 정도로 꽤 과묵한 사람입니다. 그러니 이렇게 이야기를 꺼낼 때는 제가 그만큼 신중히 생각하고 고민하고 있다는 것을 알아주시기를 바랍니다. 당신에게 제 이야기를 하고 어떠한 충고나 조언을 구하고자 하는 것은 아닙니다. 그러니 부담 없는 마음으로 제 이야기를 차분히 들어주시기를 바랍니다.

한 여자가 있습니다.

그녀는 3명이 앉을 수 있는 등의자의 가운데 앉아 열차를 기다리고 있습니다. 주름진 긴 치마에 가벼운 카디건을 걸친 그녀의 손에는 여행용 가방의 손잡이가 붙들려 있습니다. 가방의 크기가 작은 걸 보아하니 짧은 시간 어딘가를 다녀오는 모양입니다. 아니면 그 반대일 수도 있겠습니다. 저는 그녀의 옆에 앉을까 잠시 고민했지만, 의자에 앉지 않고 서있기로 합니다. 그녀의 것보다 큰 여행용 가방을 옆에 두고 열차가 들어오는 시간을 확인합니다. 열차가 도착하기까지 10여 분의 시간이 남았습니다. 저는 철제 기둥에 기대어 2시간가량 앉아있어야 할 열차 안에서 들을 노래의 플레이리스트를 만들고 있었습니다. 시간이 지나고, 열차가 도착한다는 알람과 함께 하늘에서 비둘기 떼가 날아와 그녀의 곁에 내려앉았습니다. 그녀는 화들짝 놀라 소리를 치며 자리를 박차고 일어났습니다. 당황한 그녀의 발길질에 비둘기는 놀라 자리를 떴지만, 그녀의 여행용 가방 또한 놀랐는지 열차가 들어오는 선로 쪽으로 굴러갔습니다. 저는 다급하게 달려가 떨어지려는 여행용 가방을 붙잡았습니다.

"여행용 가방도 놀랐나 봐요."

(고작 한다는 첫말이 이렇습니다.)

"감사합니다. 제가 새를 무서워해서요."

(새를 무서워하는 일은 이상한 일이 아닙니다.)

간단한 대화를 주고받은 우리는 각자의 자리로 돌아
갔습니다. 주변의 공기가 조금 달라진 듯했습니다. 얼마
지나지 않아 열차가 플랫폼으로 들어왔지만, 그녀는 열
차가 완전히 멈출 때까지 움직이지 않았습니다. 그녀의
가늘고 긴 손가락은 여행용 가방을 꽉 붙들고 있었는데,
얼마나 세게 잡았는지 그것을 잡은 손이 하얗게 질려 있
었습니다. 열차가 멈추고 문이 열리자 그제야 그녀는 자
리에서 일어나 문으로 들어갔습니다. 그리고 잠시 뒤에
저도 그녀가 사라진 문으로 따라 들어갔습니다. 짐칸 모
서리에 붙은 숫자를 톺아가며 제가 가진 번호의 자리에
다가가자 조금 전의 그녀가 제 자리에 앉아있었습니다.
저는 그녀에게 "이 자리는 제 자리인 것 같습니다. 표를
한번 확인해보세요."라고 말했습니다. 그러자 그녀는 미
안하다며 자리에서 일어나 제가 들어갈 수 있도록 자리
를 비켜주었습니다. 그리고 제 옆자리에 앉았습니다. 그
녀가 앉아있던 자리에서 익숙한 향기가 났습니다. 제가

그전부터 좋아하는 향입니다. 당신도 알지 모르겠지만 이렇게 우연이 반복된다는 것은 아주 위험한 일입니다. 우연은 안개처럼 이방인의 눈을 흐리고 잘못된 길에 들어서도록 유혹할 것입니다. 그러니 여행 중 만난 우연은 가볍게 흘려 넘기시길 바랍니다. 그렇게 하지 않는다면 우연은 눈덩이처럼 불어나 운명이 되고야 말 것이기 때문입니다.

"가방은 잘 붙들고 계셔야겠네요."

"아, 네… 조금 전에는 정말 감사했습니다. 평소에 제가 조금 덜렁거려서요."

"비둘기를 무서워하시나 봐요."

"네, 비둘기는 왠지 눈이 무서워서요. 요즘 비둘기들은 겁도 없더라고요. 쫓아도 다시 날아오고, 어떤 때는 쫓아도 날지 않고 사람처럼 어슬렁거리기도 한다니까요."

"맞아요. 산비둘기는 사람을 무서워해서 다가가기도 쉽지 않은데 도시의 비둘기는 정말 겁이 없어요. 어쩌면 인간 다음으로 환경에 적응을 잘하는 동물일 수도 있겠어요."

"아, 산비둘기라는 것도 있나 봐요. 저는 비둘기는

도시에서만 사는 새인 줄 알았어요. 그러고 보니 참 이상하죠. 비둘기를 시골에서는 본 적이 없으니. 어쩌면 동물 중에 '개'이후로 사람에게 길든 동물이 아닐까 싶어요. 그들 나름의 생존 방법으로 말이죠."

"어릴 적에는 한옥으로 지어진 집에서 살았어요. 그때는 제비가 처마에 둥지를 틀고 새끼를 기르는 모습을 볼 수 있었죠. 지금은 아파트에 살고 있어요. 20층 높이의 아파트의 8층에 살고 있는데 언제인가부터 비둘기가 창밖에 설치된 에어컨 실외기 옆에 둥지를 틀고 사는 걸 볼 수 있었죠. 비둘기의 둥지는 처음 보았는데 나중에 알고 보니 비둘기는 사람의 눈을 피해서 둥지를 틀기 때문에 평소에 찾아보기 어렵다고 해요. 그런 비둘기의 둥지를 볼 수 있으니 행운이었다고 해야 할까요. 결국엔 어머니께서 그 둥지를 치워버리기는 했지만요."

"아파트에 사시는군요. 어느 동네 아파트이길래 비둘기가 둥지를 트는 거죠? 저도 오랫동안 아파트에 살고 있는데 아직 그런 경우는 보지를 못했거든요."

"저는 아현동에 살고 있어요."

"아! 아현동. 저도 그 동네를 조금 알아요."

"어떻게 아세요?"

대화를 나누며 우리는 서로의 공통점을 발견합니다. 마땅한 노력을 하지 않아도 자연스레 상황이 흘러가는 것, 우리는 그것을 '운명'이라 부르고는 합니다. 상황을 '운명'으로 정의하고 나면 좋은 점이 있습니다. 그것은 상황에 대해 이성적 판단이 더는 필요치 않다는 뜻이며, 혹시 일이 잘못된다 하여도 그것은 하늘의 뜻이지, 제가 잘못 선택한 일은 아니라는 점입니다.

서울역에서 내리고 헤어진 우리는 한 가지 약속을 했습니다. 2주 뒤 돌아오는 주말에 식사를 같이 하기로요. 그리고 만나기 전까지는 문자나 전화 등의 연락은 따로 하지 않기로 했습니다. 그녀의 제안이었습니다. 며칠 뒤 저는 친한 친구에게 저의 경험을 이야기했습니다. 그러자 친구는 중간에 연락하지 말자는 건 무슨 의미야? 그건 좀 이상하지 않아? 라며 인상을 찌푸렸습니다. 그에 대해 저는 우연히 알게 된 사이이고, 서로 이야기를 나눈 건 오직 열차 안에서의 일일 뿐인데 그런 인연으로 서로의 안부를 묻고 일상을 공유하는 건 오히려 부자연스러운 일 아닐까 반문하였습니다. 사실 저에게도 그녀에 대한 호감이 생겼지만 무언가 가슴에서 끓어오르는 순간이 있었던 것은 아니었습니다. 그러니 최대한 차분히 다음 만남을 기약하는 것이 좋다고도 생각했습니다. 어쩌면 아주 좋은 친구가 될 수도 있습니다. 어쩌면 연인 관계로 발전할 수도 있겠고요. 그리고 경험상 아주 높은 확률로 짧은 인연으로 남을 수도 있을 것입니다. 어쩌면 저의 마음에 꺼져버린 불씨를 다시 살리어 활활 타오르게 만들 수도 있겠지만, 그것이 지금의 걱정은 아니었던 것입니다.

3

이상한 질문이 있습니다.

사람은 왜 사는가, 와 같은 질문입니다. 사람이 왜 사냐니요. 사람은 태어났기에 그저 살아가는 것뿐입니다. 그 질문은 자신을 정의해줄 신과 같은 존재를 타인에게서 바라는 일과 같습니다. 그런 종류의 사람들은 쉽게 속고 의존적이기 마련입니다. 그러니 그런 이상한 질문은 하지 않는 것이 좋습니다. 그렇지만 정작 저는 다른 사람에게 이러한 질문을 한 적이 있습니다. 변명하자면 그때의 저는 매우 긴장된 상태에서 무언가라도 말해야만 할 것 같은 심정이었습니다. 머리가 새하얗게 질린 상태에서 나온 말이 정상일 리가 없지 않겠습니까. 그대로 어두운 과거가 될 뻔했던 저의 질문은 상대방의 예상 밖의 대답으로 인해 겨우 명분을 갖추게 되었습니다. 온갖 상상과 망상으로 사는 사람에게는 예상 밖의 상황이란 사고의 지평을 넓히는 하나의 계기가 되기도 하는 법 아닌가요.

"당신에게 가장 소중한 물건은 무엇인가요?"

나의 막연한 질문에 그녀는 망설임 없이 치약이라고 답했습니다. 정말 이상했습니다. 가장 소중한 물건이 치약이라니요.

"가장 소중한 물건이 치약이라면 당신에게 이를 닦는 행위는 가장 소중한 일이 되겠네요."

저는 당황하지 않고 그녀의 말을 무심하게 받아치려 애썼습니다. 대부분의 사람은 이런 그녀의 대답에 당황해서 말을 잇지 못하거나, 이상한 대답이라며 웃어넘기거나, 마음이 아픈 건 아닐까 하며 멀어지거나 했을 것입니다. 그러니 저의 이런 담담한 대답이 그녀의 호기심을 자극하기에 충분하리라 생각하는 것도 부자연스러운 일은 아니었겠지요. 그러나 그녀는 자신에게 이를 닦는 일은 밥을 먹는 일보다 중요한 일이라 말하며 무표정한 얼굴로 저를 바라보았습니다. 이러한 대화가 일상이라는 듯이 태연한 그녀의 모습을 보며 저는 혼돈에 사로잡혔습니다. 먹는다는 것은 사람이 살아가기 위한 가장 기본적인 욕구와 일인데 그 기본적인 일보다 그 이후의 일이 더 중요한 사람이라니요. 그것은 마치 '부'를 소유하기 위해 '주'를 구매하는 것처럼, 생활의 '주'와 '부'가

뒤바뀐 '부주의'한 일과 같았습니다. 어쩌면 그녀는 생각이 짧은 사람일지도 모르겠습니다. 어쩌면 그녀에게는 특별한 사연이 있을지도 모를 일입니다. 어쩌면 그녀는 단순히 저를 놀리고 싶은 것인지도 모르겠습니다. 그녀의 세계가 넓은 바다라면 저는 갑작스러운 폭풍을 만난 배처럼 표류하는 중이었습니다. 소용돌이로 빠져드는 배를 구하기 위하여 저는 필사의 노력을 하는 중이었습니다. 저의 또 다른 자아는 그녀에게 빠져들어가는 정신을 잡아두려 애를 쓰고 있었습니다만, 제가 이런 생각을 거듭하는 동안에도 그녀의 시선은 창밖으로 던져져 있습니다. 미끼를 던져놓고 차분히 낚이기를 기다리는 강태공처럼 말입니다. 저는 낚시를 즐긴 적이 없습니다만 강태공을 가만히 바라보며 관찰했던 적은 있었습니다. 무심하게 내려진 낚싯대의 끝에는 지렁이가 매달려 있고, 그 낚싯대의 반대편 끝으로 강태공이 있습니다. 그 강태공을 바라보는 제가 있고, 낚싯대의 끝에 매달린 지렁이를 바라보는 물고기가 있을 것입니다. 호수는 우리의 대칭점이었습니다. 그런 호수 위에 비치는 저를 바라보며 미끼를 물어버린 물고기처럼, 중요한 부품이 하나 빠진 정교한 시계처럼, 그녀를 바라보는 시간에 고립되어버린 것입니다. 이 적요의 순간을 견디지 못한 시선은 빠르게 하강하여 테이블로 향합니다. 그곳에는 그녀의 가는 손가락이 테이블을 두드리며 파장을 만들어내고 있었습니다. 그리고 그녀의 손은 저의 시선이 닿자마자 기다리고 있었다는 듯이 테이블 위로 떠올라 검은 머리카락 사이를 부드럽게 가르며 넘어가는 것이 아니겠습니까. 저는 그런 그녀의 머리카락을 바라보며 얼마 전 서핑을 하러 갔던 바다를 떠올렸습니다. 그곳에서 그녀의 머리카락은 바람에 흔들리는 파도처럼 출렁거리고 있었습니다. 한여름의 태양은 독재자처럼 뜨거웠고, 자유를 갈망하던 저는 기다리던 파도를 만난 듯 그 위를 타고 노느라 시간이 가는 줄도 몰랐습니다. 거세게 일렁이는 파도는 침입자를 경계하는 듯하지만, 정작 바닷속은 고요하고 따뜻합니다. 한숨에는 다 볼 수 없는 그 속으로 저는 하루에도 몇 번이나 잠수하고 있습니다. 바다는 오래된 비밀을 감추고 있습니다. 어쩌면 인양되기를 기다리는 침몰선이 있을 수도 있고, 세상에 풀어놓아서는 안 될 상자가 봉인되어 묻혀있을 수도 있겠습니다. 하지만 저는 몸에 탐욕이라는 추를 달고 잠수를 하는 모리배들과는 달랐습니다. 저는 온전히 파도의 즐거움과 바닷속의 포근함과 경이를 좇아 바다를 찾는 다이버와 같습니다. 때로는 바다를 바라보고, 파도를 타고,

잠수하여 탐험하기도 합니다. 그녀의 바다는 한없이 깊고 넓어서 그 끝을 바랄 수 있도록 꿈을 제게 주었습니다. 그녀의 바다에서, 아니 꿈에서 빠져나올 수 없던 그 여름, 저의 사랑은 파도를 탈 수 있는 한 계절만으로 욕심을 다 이룰 수 없었던 것입니다. 개연성이 사고와 행동과 이해의 범주에 헌법처럼 자리하고 있었던 저는 그동안 그 무엇도 사랑할 수 없었습니다. 하지만 가능성의 바다를 건너 그녀가 저의 세계에 도달하였을 때 그것은 프롤레타리아 혁명과도 같이, 저의 역사를 무너뜨리고 단단한 가슴에 지울 수 없는 상처를 남겨두었습니다. 콘크리트 벽처럼 단단했던 저의 가치관은 쉽게 무너지고, 급작스럽게 자유를 맞이한 마음은 긴 평화를 누리지 못한 채 내전으로 치닫게 되어버린 것입니다. 역사는 반복됩니다. 아랍에도 봄이 왔듯이 저의 가슴에도 봄이 왔습니다. 하지만 이 봄은 제가 기다리던, 그리고 기대하지 않던 봄으로 기억될 것이었습니다.

4

이상한 매력이란 무엇인지 아실는지요.

이상한 사람에게는 이상한 매력이 있습니다. 이를테면 '파악되지 않고 미루어 짐작할 수 없는 일과 사람을 좋아한다'라고 달리 말할 수도 있겠습니다. 이상한 사람과 함께 있으면 이상한 일이 소설 속 태풍처럼 일어나 도로시와 같은 모험을 겪게 될 수도 있지 않겠냐는 상상도 해봅니다. 그러나 현상은 상상과 달리 이상한 사람이 있는 공간과 환경은 오히려 숨이 막힐 것 같은 평범한 일상의 반복이 되고는 합니다. 왜냐하면 이상한 사람들을 정의하는 공간은 평범한 사람들로 구성된 의회와 같아서 소수의 이상한 사람으로 구성된 정당으로는 이상한 법안을 결의한다든지, 평범한 법안을 저지할 힘이 없기 때문입니다. 이상한 사람들은 대체로 말이 없습니다. 위와 같은 이유로 말이 많은 이상한 사람들은 이미 소외되었거나 멀어졌기 때문입니다. 일찍이 이상한 것에 자성을 가진 저는 자신의 운명을 말줄임표로 숨겨두는 버릇을 갖고 있었습니다. 그것은 문장의 끝을 마침표로 찍을 용기가 부족해서가 아니라 그저 그리 두는 것이 좋았던 이유입니다. 한 해 한 해 지나며 나이를 먹는다는 것은 경험을 쌓아가고 그 쌓인 경험을 통해 상황을 예단할 수 있는 지혜를 쌓는 과정입니다. 그것은 미래에 대한 불안이 '마치'로 시작되는 문장의 끝이 '같았다'로 끝나는 것처럼 필연적입니다. 저는 한때 이상한 사람을 만나 이상한 사랑을 한 적이 있습니다. 그 과정은 불안의 연속이었고 어김없이 말줄임표로 끝이 난 사랑이었습니다. 하지만 정말 이상한 것은 그런데도 이상한 것에 대한 애정은 결코 사그라지지 않는다는 점입니다. 그것참 이상한 일 아닐는지요.

눈을 바라보며 대화하는 사람들처럼 우리는 서로의 입을 보며 대화를 나눕니다. 아니 어쩌면 그녀는 나의 눈을 바라보거나 혹은 바라보지 않거나, 제 손가락을 보거나 또는 창밖을 바라보고 있었는지도 모르겠습니다. 제 시선이 그녀의 입으로 향해있는 동안의 일입니다. 저는 그녀의 입을 바라봅니다. 단어와 문장의 간격에 따라 벌어지는 그녀의 입술을 바라봅니다. 하얗게 드러나는 치열과 투명한 혀의 끝자락을 바라봅니다. 그리고 그녀의 입자국을 쫓으며 그녀의 얼굴과 표정을 짐작해봅니다. 그녀의 입술을 보며 표정과 생각을 짐작하는 일은 어느새 저의 은밀한 취미 중 하나가 되었습니다. 험버트가 혀끝으로 입천장을 따라 세던 롤리타의 이름처럼 저는 그녀의 이름을 몰래 불러보기도 했습니다. 소리 없이 뻐끔거리는 제 입을 따라 그녀의 입도 같이 뻐끔거립니다. 그것은 그녀의 시선도 저의 입에 머물고 있다는 뜻입니다. 새하얀 앞니로 그 가지런한 주름이 있는 아랫입술을 지그시 깨물기라도 하는 날이면 저는 설레어 잠을 다 못 이룰 것만 같았습니다. 그녀의 입술은 늘 중국식 과일사탕처럼 번들거리며 달콤해 보였습니다. 그녀에게 "네 입술은 과일처럼 달콤해 보여"라고 말한 적이 있습니다. 그러자 그녀는 "당신 맛보라고 있는 입술은 아닌데"라며 핀잔을 주었습니다. 이처럼 비유는 상당히 위험한 대화법입니다. 같은 사물과 장소와 사건이라 하여도 각자의 경험은 다 다른 것이니, 나의 경험에 비추어 비유하여 표현하려 하면 이런 사달이 나기도 합니다. 그녀에게 미안하다 이야기해야겠습니다. 잠시만 기다려주십시오.

　"우리 처음 데이트하던 날을 기억해?"

　　"아, 네가 '당신에게 가장 소중한 물건은 무엇인가요?'라며 면접관처럼 내게 물어보던 그날?"

　"그날을 첫 데이트라고 해야 할까?"

"매번 내 말에 꼬리를 달며 괜한 질문으로 날 몰아세우지 마. 재미없으니까."

머쓱해진 저는 어제 본 영화의 감상으로 말을 돌리고 분위기를 반전시키려 했지만, 그것은 비겁한 짓이라 생각되어 그만두고 다시 처음의 질문으로 돌아갑니다.

"나는 우리의 처음 데이트가 처음 만난 열차 안에서의 대화라고 생각해. 비록 당시에는 그 사건이 인연이 되어 연인이 될 줄은 몰랐더라도 우리는 우리의 환경들을 맞추어보고 서로 비슷한 점을 찾고, 공감하려 애쓰며, 설레고 즐거웠으니까."

제 말을 들은 그녀의 입가가 움직였습니다. 그녀의 한쪽만 올라가는 입꼬리는 '네 말은 일리가 있어. 하지만 그게 꼭 정답이라는 뜻은 아니야'라는 뜻입니다. 올라갔던 입꼬리를 제자리로 돌리고 그녀가 이야기합니다.

"나는 우리의 첫 데이트가 고흐의 전시가 열린 미술관에 갔던 날이라고 생각해."

"왜지?"

"왜냐하면 그날은 우리가 진지하게 서로에 관해 관심을 갖기로 하고 만났던 첫날이니까."

그녀는 그렇게 생각했던 모양입니다. '진지하게 서로에 대해 관심을 갖기로 한 날'이라니, 돌이켜보자면 저는 그녀에 대해 어떠한 다짐이나 결심을 가진 적이 없었습니다. 저의 성격이나 연애관 또는 사랑하는 방법이 늘 그렇다는 것은 아닙니다. 저도 그녀만큼 사랑에 대한 의심이 많고, 냉정한 성격을 지닌 사람이었습니다. 다만, 들불처럼 일어난 사랑이라는 감정은 제가 대비할 수 없었던 일종의 자연재해와 같은 일이었습니다. 모든 걸 휩쓸어 가버리는 태풍도 그 눈으로 들어가면 고요한 순간이 있다고 하지요. 만약에 저의 이 마음이 진정한 사랑이라고 한다면, 그녀가 제게 가지고 있는 마음은 진정한 사랑의 어디쯤일까요. 어쩌면 태풍을 사람에 비유한 것은 잘못된 일인지도 모르겠습니다.

5

"빈센트는 자신의 친동생인 테오와 수많은 편지를 주고받았어요. 그 내용을 보면 그가 자신의 미술에 얼마나 큰 자신감과 확고한 철학을 가졌는지 알 수 있죠. 사람들은 빈센트의 몇 가지 작품만을 기억해요. 그리고 그를 자신의 귀를 자르고 젊은 나이에 요절한 비운의 천재쯤으로 기억하죠. 하지만 그는 좋은 그림을 그리기 위해 젊음을 다 바치고 떠난 예술가였어요. 비록 그는 활동한 시기는 짧았지만 아주 많은 작품을 남겼죠. 그는 미술의 주요 고객인 귀족층이 좋아하지 않는 서민들의 삶을 그리기를 좋아했어요. 하지만 그의 그림을 제대로 알아주는 이는 아무도 없었죠. 그의 동생 테오만이 그의 가능성을 알아보고 후원해준 유일한 사람이었어요. 빈센트에게 테오는 스승이자 아버지와 같은 존재였어요. 빈센트에게 테오가 있었듯이 누구나 평생을 교감할 수 있는 사람이 필요한 것 같아요. 이상에게 금홍이가 있었듯이, 마리오에게 네루다가 있었듯이 말이에요."

그녀와 저는 빈센트 반 고흐의 전시를 함께 관람하고 있습니다. 미술에 대해 문외한인 저는 그녀의 말을 차분히 듣고 있습니다. 그녀의 말을 듣는 저는 아이가 된 듯 뇌의 일부분을 그녀의 언어로 채우고 그것을 이해하고 그녀처럼 말하기 위해 노력합니다. 텅 빈 전시관을 울리는 그녀의 목소리에 충분히 공명하기 위해 아, 음, 오, 그렇구나, 같은 말의 조각을 그녀의 문장 사이로 끼워 넣고 있었습니다.

"사람들은 빈센트의 <해바라기>나 <별이 빛나는 밤에>, 그리고 <자화상>같이 유명한 그림들만 알아요. 하지만 제가 가장 좋아하는 그의 그림은 바로 이 <아몬드나무> 그림이에요. 빈센트가 정신병원에 있던 시절에 테오에게 아들이 생겼어요. 빈센트에게는 조카가 생긴 거죠. 그러자 빈센트는 조카의 탄생을 축하하기 위해 테오에게 그림을 보내었어요. 바로 이 <아몬드나무> 그림을요. 이 그림을 보고 있자면, 액자라는 창을 통해 바라본 아몬드나무를 오르는 빈센트가 상상이 돼요. 조카의 방 안에 걸린 이 그림을 통해 그는 나무를 오르고 조카를 관찰하는 자신을 상상하지 않았을까 하는 거죠."

다시 말하지만 그림에 전병인 저는 그녀의 말들을 흘리지 아니하고 모두 다 갖기 위해 노력하는 중이었습니다. 하지만 그녀가 이야기하는 작가의 인생이나 그림에 대한 정보를 알 수 없었기에 그녀의 말을 모두 이해할 수는 없었습니다. 하지만 낯설고 새로운 세계 속에서 그날, 우리의 대화는 빈센트의 유작이 되어 벽면에 전시되었습니다. 공간의 위상을 구축하고 건설 중인 저의 꿈 속에서 그녀는 불멸의 존재가 되어 하루에도 몇 번씩 떠오르고 가라앉았던 것입니다.

"어쩌면 영원이라는 말은 이곳에서 탄생한 것일지도 모를 일이다"라고 적은 그날의 일기는 "오, 이런 나의 우상을 부수어다오"로 끝이 났습니다.

6

그녀가 이를 닦고 있습니다. 늘 같은 종류의 치약과 칫솔, 혀 클리너와 치실과 그리고 구강청결제를 사용합니다. 그녀는 밥을 먹은 뒤 바로 이를 닦지 않고 30분이 지난 뒤에 칫솔에 치약을 묻혀 이를 닦아내는데, 치약은 칫솔모 속까지 들어가도록 짜주어야 합니다. 칫솔질은 어금니의 안쪽부터 닦아내기 시작하여 치아의 구석구석을 닦아내고, 입천장과 양 볼도 닦아줍니다. 혀는 전용의 클리너를 사용하여 닦아내며, 때에 따라서 치실만을 사용하기도 합니다. 양치의 마지막인 물로 입 안을 가시는 일은 10번 정도 반복해줍니다. 구강 청결제는 양치질하고 난 뒤 30분이 지나고 나서야 비로소 사용할 수 있습니다.

그녀가 이를 닦는 모습은 하나의 종교 의식처럼 신성했습니다. 이를 닦는 일이 그녀에게 있어서 일종의 예배 의식과 같다면, 그녀의 입 안은 일종의 성전과 같아서 저의 입술이라도 닿는 상상만으로도 부정한 일이 될 것입니다. 그녀는 거대한 벽으로 둘린 성처럼 외로워 보였습니다. 언젠가는 일기장에 "그녀는 누군가의 침략에 의한 멸망을 기다리는 것처럼 염세적이었다"라고 적기도 하였지만, 정작 무너진 건 저의 벽이었으며, 그녀의 벽은 무너뜨릴 수는 없는 난공불락의 요새와도 같았습니다. 그러나 그녀의 성 안으로 들어가지 못한다고 하여도 저는 부끄럽거나 슬프거나 외롭게 느껴지지 않았습니다. 그것은 제 사랑의 시선은 고정되어 있어 그녀를 그대로 바라보기에도 제 욕심을 채우기에 충분하였으며, 어쩌면 그녀의 성이 무너지지 않고 그대로 남아있기를 바라는 것일 수도 있었기 때문입니다.

7

공원을 걷고 있습니다. 서울 시내는 검은 바다처럼 고요합니다. 가로등은 부표처럼 떠있고, 하늘에는 야간 비행을 하는 여객기의 불빛이 별처럼 흔들리고 있습니다. 공원으로 오르는 길은 초입부터 정상까지 예전의 성곽 유적이 그대로 복원되어 있습니다. 성곽의 시작점에는 커다란 문이 있고 그 끝에는 공원이 있는 것입니다. 저는 외로운 섬처럼 떨어진 커다란 문을 지나 잘 복원된 성곽길을 따라 걸어갑니다. 낮은 높이의 성곽은 어린아이의 키 정도의 높이였는데, 성인이라면 손쉽게 오를 수 있는 높이입니다. 공원에서 가장 높은 곳에서 그녀는 저를 기다리고 있었습니다.

"언제부터 기다리고 있었어?"
"조금 전부터."

그녀는 빈 맥주캔을 가리켰습니다. 그녀는 저를 기다리는 시간 동안 성곽 위에 앉아 맥주를 마시고 있었습니다. 저도 그곳에 올라 그녀의 옆에 앉습니다. 그녀는 약속을 잡기 전, 이 장소는 자신에게는 특별한 추억이 있는 곳이라고 말했습니다. 저는 그녀의 추억을 짐작해보며 그녀의 입술이 움직이기를 기대하고 있습니다.

"여기서 뛰어내리면 많이 아플까?"

그녀가 말했습니다.

발밑을 바라보니 적어도 20m는 떨어져 내려야 할 것 같았습니다. 그래서 저는 "머리로 떨어지지 않으면 죽지는 않고, 뼈는 여러 군데가 부러져 많이 아플 것 같아"라고 대답했습니다. 그녀의 시선은 성곽 절벽의 끝을 내려다보고 있습니다. 저는 불안한 마음에 그녀의 허리를 감싸 안았습니다. 하지만 그녀는 제 말과 행동이 아무렇지 않다는 듯이 시선을 멀리 두고 맥주를 마시고 있습니다. 우리에게는 총 네 개의 캔맥주가 있었지만, 그녀가 맥주를 마시는 속도를 따라잡지 못한 저는 하나의 캔밖에 마시지 못하였습니다. 세 개의 맥주를 마신 그녀는 취한 듯합니다. 금방이라도 울음이 터져 나올 것 같은 그녀의 슬픈 눈을 바라보고 있자니 저의 머리에는 불길한 생각이 지속되었고 불안한 가슴은 쉽게 진정되지 않았습니다. 어서 그녀에게 술을 다 마셨으니 성곽을 내려서고 공원에서 벗어나자 이야기해야겠습니다. 그리고 오늘은 그녀를 집 앞까지 데려다주어야겠습니다.

8

지나간 열차를 그리워하는 사람이 있습니다. 그는 플랫폼에 앉아 떠나간 열차의 뒷모습을 쫓고 있습니다. 다음 열차가 와도 그의 마음은 놓쳐버린 열차를 향해있습니다. 떠나간 열차도, 지금 탄 열차도, 앞으로 올 열차의 목적지도 같을 것입니다. 그러니 그는 결국 목적지에 다다를 것입니다. 다음 열차를 기다린 시간만큼 늦게 될 뿐이지요. 그런데도 그는 지나간 열차를 그리워하고 있습니다. 그리움도 절망도 습관입니다. 집으로 가는 마지막 열차를 기다리며 그녀와 제가 지하철 플랫폼의 의자에 앉아있을 때였습니다.

　"스크린도어는 왜 설치했을까?"
　"네가 뛰어내릴까 봐."

스크린도어에 비친 우리의 모습이 보입니다. 반대편 플랫폼의 사람도 보입니다. 반대편 플랫폼의 사람과 우리 사이에는 두 개의 스크린도어가 있습니다. 스크린도어에는 각자의 얼굴이 비치고 상대의 얼굴이 투영되어 겹쳐집니다. 밝은 배경에 비친 그녀의 얼굴이 잘 보이지

않아 저는 고개를 기울입니다. 그녀의 얼굴이 스크린도
어 사이의 콘크리트 기둥과 만나자 비로소 제 눈에 들어
옵니다. 그녀의 눈은 스크린도어에 비친 자신을 바라보
고 있습니다. 아니, 자신을 바라보고 있는 것인지 반대
편을 바라보고 있는 것인지 모르겠습니다. 그녀의 얼굴
을 찾던 저를 제치고 그녀가 말했습니다.

"어렸을 때, 선로에 빠져 열차에 치여 죽는 사람을
본 적이 있어. 그 당시에는 너무 충격적인 장면이라 주
변 상황이 정확히 기억나지 않지만 잊히지 않는 몇 가지
장면들은 오히려 사진처럼 또렷해. 그 당시에는 지금처
럼 스크린도어가 없었거든. 그래서 열차가 들어오면 안
전선 밖으로 한 발 뒤로 물러나라는 안내가 스피커에서
같이 나오고는 했지. 열차가 들어온다는 벨이 울리고 안
전선의 끝으로 사람이 하나 서있어. 그리고 그 뒤로 검
은 그림자가 하나 다가가지. 열차가 들어오는 순간 그
그림자는 가장 앞에 서있던 사람을 밀어버리고 말아. 놀
란 사람들이 손을 쓸 새 없이 열차는 떨어진 사람 위로
지나가는 거야. 사람들의 비명이 기억나. 급정거하던 열
차의 파열음 소리도. 순식간에 지하철역은 아수라장이
되고 말았어. 그 육중한 열차가 밀고 지나간 자리에서

떨어진 사람은 어떻게 되었을 것이라고 생각해? 떨어진 사람은 사지가 절단되어 아주 끔찍한 모습이었다고 하더라. 그를 밀었던 사람은 잡혔을까? 왜 그를 밀었던 걸까? 일부러 밀었던 건 아닐지도 몰라. 술에 취해 비틀거리다가 실수로 부딪혀서 밀려났던 것인지도 모르지. 아니면 사회에 불만이 많은 사람이었을지도 모르겠어. 그게 아니라면 그냥 정신이 이상한 사람일 수도…. 왜 동네마다 정신 나간 사람이 하나씩은 있잖아. 더군다나 서울역은 전국에서 노숙자가 가장 많은 곳인데 정신이 이상한 사람 하나쯤 있는 건 이상한 일도 아니었을 거야. 그 사건 이후로 나는 선로에 서면 그때의 기억이 떠올라. 나도 떨어지면 열차에 몸이 뭉개지고 사지가 절단되지는 않을까 걱정이 되고는 해. 그래서 열차가 멈출 때까지 선로에 가까이 서있지 못하는 거야. 스크린도어가 설치되어도 이 불안은 쉽게 사라지지 않더라."

열차를 타고 우리는 그녀의 집으로 향했습니다. 그녀와 저는 집 앞에 도착할 때까지 아무런 말도 하지 않았습니다. 집 앞에 도착한 그녀는 집으로 들어가기 전에 돌아와 저의 가슴에 얼굴을 묻고 울었습니다. 저는 아무런 말도 할 수가 없었습니다. 그녀의 슬픔은 제가 대신

할 수 없었기에 저는 그 자리에 서서 그저 그녀의 눈물만 받아주고 있었습니다. 갑자기 무슨 일이냐며 놀라 반문할 사람도 있을 것입니다. 하지만 저는 이 상황을 예상이라도 한 듯 초연합니다. 오히려 속이 조금 후련해지기도 했습니다. 그녀의 따뜻한 눈물이 가슴을 물들일 동안 저는 그녀를 가득 안고 있었습니다. 이 눈물을 멈추면 그녀의 슬픔도 멈추어 제자리로 돌아올 것만 같았습니다. 아니 그렇게 되기를 바란 것인지도 모르겠습니다. 하지만 가슴의 눈물이 다 식기 전에 얼굴을 뗀 그녀는 아무런 말 없이 돌아서 집으로 들어가버렸습니다. 그 후로 며칠 동안, 그리고 몇 달 동안 그녀는 연락을 받지 않았고, 명확한 이유 없이 우리는 헤어졌습니다. 마치 천천히 올라간 열차가 정점을 지나 빠르게 떨어져 내리는 롤러코스터와 같았습니다. 관계의 끝맺음은 한 세계의 멸망과 같습니다. 우리가 이룩한 문명은 사라지고 움직이지 않을 기록만이 살아남아 황량한 사막의 잊힌 유적처럼 발굴되어 후대에 전해지게 되는 것입니다. 역사는 반복되고 경험은 축적되어 좀 더 나은 문명을 이룰 수 있다면야 한 세대의 문명이 무너진다 한들 쉽게 좌절할 수 있겠습니까. 우리는 희망적인 미래를 꿈꾸며 실패를 딛고 다시 일어나야 할 것입니다. 하지만 시간이라는 편도 열차를 탄 우리의 근본적인 불안은 누구도 종점이 어디인지 모른다는 점이었기에 작은 실수에도 후회를 거듭하였고 작은 고통에도 금세 죽을 것같이 아파하는 것이 일상이었습니다.

9

당신은 사람이 왜 사랑을 하는지 아시나요.

당신은 사람이 왜 사는 것인지 알고 계시는가요.

이야기를 마친 저는 여전히 제가 무엇인지 모르겠습니다. 누군가는 사랑이야말로 인생의 궁극적인 목표라고도 하였습니다만 글쎄요, 삶에 궁극적인 목적이나 목표가 어찌 있겠습니까. 그렇지만 한 가지 확실한 건, 그녀가 제게로 오고 떠난 뒤 저는 제가 무엇인지에 대하여 더는 고민하지 않게 되었다는 점입니다.

그녀가 떠난 후 이를 닦을 때마다 저는 그녀를 떠올립니다. 거울에 비친 제 모습을 바라보고 그녀의 모습이 사라질 때까지 하얀 거품을 내며 이를 닦아냅니다. 이를 깨끗이 닦아내고 입 안에 그녀가 더 느껴지지 않을 때가 되어서야 비로소 자리로 돌아와 제 일을 할 수 있었습니다. 그녀에 대한 저의 회상은 칫솔질을 멈추면 떠오르지 않는 것일까요, 아니면 이 칫솔질이 그녀를 매번 되돌아오게 만드는 것일까요, 아니면 그리움도 어느새 습관이 되어버려 망령처럼 칫솔에 붙어있는 것일까요. 어찌 되었건 입을 헹구어내면 모든 것을 잊은 듯이 상쾌한 마음으로 돌아올 수 있었으니 저는 식사를 한 뒤에도, 커피를 마신 뒤에도, 잠자리에 들기 전이나 아침에 일어난 직후에도, 이를 닦는 일은 멈출 수가 없었던 것입니다. 불경한 말을 듣고 나면 귀를 씻고 누군가에게 "밥 먹었냐?"라고 물어 부정을 전가했다는 어느 왕과는 반대로, 밥을 먹고 이를 닦았으니 부정한 것을 스스로 제 안에 들이고 있는 건 아닌가 싶기도 했습니다. 밥을 먹는 일처럼 그녀에 대한 추억은 하루에도 몇 번씩이나 제 입 안에 고여 이를 닦는 일이 이제 저의 일상이 되었던 것입니다.

하나의 세계가 사라진 후에도 남은 습관은 갈 곳이 없습니다.

거듭된 채찍질에도 대상이 없는 몸짓은 애먼 상처만 늘어가게 만드는 모양입니다.

이상(異狀)과 이상(理想) 사이에서 시간은 열차처럼 지나가고 있습니다.

당신의 시선은 무얼 향해있나요.

0

그녀는 3명이 앉을 수 있는 의자의 가운데 앉아 열차를 기다리고 있습니다. 작은 크기의 여행용 가방을 손에 쥐고 있습니다. 그녀의 여행용 가방 안에는 가벼운 옷들과 소설책 한 권, 시집 한 권, 노트 한 권과 필기구, 그리고 양치질 세트가 들어있습니다. 그녀의 곁에는 큰 여행용 가방을 옆에 두고 플랫폼의 철제 기둥에 기대어 있는 한 사내가 있습니다. 그 사내의 시선은 핸드폰에 고정되어 있었고, 그런 그를 그녀는 의식하고 있었습니다. 하늘에서 비둘기 떼가 날아와 그의 곁에 내려앉았습니다. 그는 화들짝 놀라 소리를 쳤고, 당황한 그의 발길질에 비둘기도 놀라 자리를 떴지만, 그의 여행용 가방 또한 놀랐는지 그녀의 앞으로 굴러 내려왔습니다. 그녀는 그의 여행용 가방이 선로 위로 떨어지기 전에 잡아챕니다.

"여행용 가방도 놀랐나 봐요."
그녀가 말했습니다.
"감사합니다. 제가 새를 무서워해서요."
그가 대답했습니다.

간단한 대화를 주고받은 그녀와 그는 열차에 올라 다시 한 번 마주치게 되었습니다. 그들은 나란히 앉아 자연스레 대화를 나눕니다.

"여행용 가방은 잘 붙들고 계셔야겠네요."

"아, 네… 조금 전에는 정말 감사했습니다. 평소에 제가 조금 덜렁거려서요."

"비둘기를 무서워하시나 봐요."

"네, 비둘기의 눈이 무서워서요. 요즘 비둘기들은 겁도 없더라고요. 쫓아도 다시 날아오고, 어떤 때는 쫓아도 날지 않고 사람처럼 어슬렁거리기도 한다니까요."

그녀와 그는 그 후로도 만남을 이어갑니다. 카페에 앉아 대화를 나누기도 하고, 유명 화가의 전시를 같이 보러 가기도 합니다. 어느 날은 공원의 성곽에 앉아 서울의 야경을 바라보며 이야기를 나누기도 했습니다. 그리고 집으로 돌아갈 때면 언제나 지하철역에 앉아 돌아갈 열차를 기다렸습니다.

그가 그녀에게 손을 흔들고 있습니다. 늘 그와 그녀가 헤어지던 지하철역의 평범한 모습입니다. 그녀는 반대편 플랫폼에 거울처럼 서서 자신에게 손을 흔드는 그와 같이 손을 흔들고 있습니다. 그가 서있는 플랫폼으로 열차가 들어오고 있었습니다. 그 순간 누군가에게 몸을 밀린 그가 열차가 오는 레일 위로 떨어집니다. 워낙 순식간에 일어난 일이라 그녀도, 주변의 사람들도 손을 쓸 수가 없습니다. 놀란 사람들이 소리쳤지만, 열차는 넘어진 그의 몸 위로 빠르게 지나가버립니다. 그녀는 정신을 잃고 쓰러졌습니다.

깨어난 병원에서 그녀는 그의 사망 소식을 전해 듣습니다. 그로부터 그녀는 한 해 동안 아무 일도 할 수 없었습니다. 몇 달은 죽은 식물처럼 살았습니다. 시간이 오래 지나고 그녀는 부모님의 권유를 받아들이고 바닷가에 있는 이모의 집에 당분간 머물기로 했습니다. 바다의 시간은 그녀에게 자신을 돌아보고 마음을 가다듬을 수 있도록 도와주었습니다. 시간은 파도처럼 매일 그녀의 상처를 다듬고 덮어주었습니다. 그녀는 어쩌면 영영 바다를 떠나 다시 도시로 돌아갈 수 없을지도 모르겠다고 생각했습니다. 하지만 그녀에게는 가족이 있었으며, 져야 할 책임이 있었습니다. 그녀는 이제 자신을 기다리고 있는 집으로 돌아가기로 결심합니다.

그녀는 바닷가가 보이는 역에 앉아 열차를 기다리고 있습니다. 열차를 기다리는 그녀의 마음은 불안으로 가득 차있습니다. 열차가 들어온다는 알람이 울리고, 때마침 하늘에서 비둘기 떼가 날아와 그녀의 곁에 내려앉습니다. 그녀는 화들짝 놀라 소리를 치며 자리를 박차고 일어납니다. 당황한 그녀의 발길질에 비둘기도 놀라 자리를 떴지만, 그녀의 여행용 가방 또한 놀랐는지 열차가 들어오는 선로 쪽으로 굴러갔습니다. 천만다행으로 떨어지려는 그녀의 여행용 가방을 곁에 있던 한 사람이 붙잡아주었습니다.

"여행용 가방도 놀랐나 봐요."
그가 말했습니다.

"감사합니다. 제가 새를 무서워해서요."
그녀가 대답했습니다.

"여행용 가방도 놀랐나 봐요."

가든(사용법을 참고하세요)

새로운 계절을 맞이하여 방 안으로 화분을 들여놓았습니다. 관엽식물, 다육식물, 낙수형 덩굴식물에서부터 뿌리가 없는 공중식물까지, '식물연쇄살인마'라는 직책을 스스로 품은 저는 새로운 화분을 지키기 위해 결의에 찬 마음으로 다짐했습니다. 나무의 잎이 마르게 두지 않으리라, 뿌리가 썩지 않게 하리라, 얼거나 타죽지 않게 하리라 등의 구체적인 다짐 말이죠. 그 다짐을 이루기 위해 늘 닫혀있던 방의 커튼을 걷어내고 창문을 열어두어 식물의 생장에 필요한 채광과 신선한 공기를 방 안으로 들였습니다. 식물들의 임시 거처를 거두어내고 큰 화분으로 집을 갈아주기도 하였으며, 하루의 고된 일을 마치고 집으로 돌아와서도 제 저녁보다 화분의 물을 먼저

"감사합니다. 제가 새를 무서워해서요."

챙기기도 했습니다. 이런 저의 마음과 노동이 화분의 거름이 되어 늠름하게 자라날 식물의 내일을 생각하면 저절로 흥이 나기도 합니다. 아침의 햇살에 노출된 채 창가에 일렬로 자리를 잡은 나무들은 울타리처럼 늠름하게 자라날 것이고, 곧 주인 된 저의 마음은 자물쇠를 채운 듯 안전하여 움직이지 않을 무게를 갖추게 될 것입니다.

그런 기대였습니다.

며칠이 지나자, 저의 무거운 화분들은 제각각의 이야기들로 그들을 돕는 저를 곤란하게 만들었습니다. 매일 물을 주어야 하는 놈, 일주일에 한 번 또는 한 달에 한 번 물을 주어야 하는 놈, 한 번에 많은 물을 주어야 하는 놈, 매일 적은 양의 물을 자주 주어야 하는 놈까지, 그놈들의 취향에 저를 맞추다 보니 자연스레 평화롭던 생활의 패턴도 변화하게 되었습니다. 무언가를 방으로 들이기 위해서는 자리를 잡고 있던 물건들의 재배치가 필요한 것처럼, 누군가를 내 안으로 들이기 위해서는 안정된 많은 습관을 바꾸어야 하는구나, 때로는 마음이나 사람을 비워내야 할 때도 있는 것이로구나, 하는 생각이 들었습니다. 얼마 전 K와 나누었던 대화가 떠오르는군요. K는 저의 오래된 벗이며, 마음이 서로 잘 맞는 단짝입니다.

　　K는 얼마 전, 그의 애인에게서 가구를 하나 선물받았습니다. 그는 그것을 "'앤틱' 또는 '빈티지' 혹은 '클래식'이라 비유할 만한 디자인의 의자"라고 묘사했습니다. 그는 늘 간결한 인테리어를 좋아해서 24평인 그의 아파트에도 가구를 몇 개 들여놓지 않았습니다. 그마저도 대부분이 희거나 검거나 그 중간 어디쯤의 색으로 칠해져 있었습니다. 인테리어만으로 사람을 평가하자면 '고리타분'과 '강박증' 같은 단어들의 유의어 범위 안에 있을 듯한 사람이라 말할 수 있습니다. 그런 'No Jam K'의 집이 하나의 낯선 가구를 통해 변화를 겪게 되었던 것입니다.

　　선물받은 가구는 방과 어울리지 않았지만, 애인의 마음이 담긴 선물을 버리거나 감출 수 없던 K는 그 의자를 일종의 '포인트 인테리어'로 사용하기로 했습니다. 그리고 시간이 지남에 따라 그의 방 안에는 그 의자와 어울리는 소품들이 늘어나게 되었고, 가구의 배치가 바뀌게 되었으며, 현재에 이르러서는 그의 집 전체가 '앤틱' 또는 '빈티지' 혹은 '클래식'하다고 불릴 만한 인테리어로 바뀌있습니다. 여담이지만, 우리는 그 과정을 '사랑이 사람을 위대하게 만들고, 위대한 사랑이 사람을 만든다'라며 너스레를 떨었습니다. 이 문장은 후에 술자리에서 건배를 위한 구호로 쓰이기도 했습니다.

아무튼, 돌이켜보면 K의 상황과는 다르게 저의 방에 들여놓은 화분들은 누군가의 선의나 사랑이 아닌 자신의 욕심이었을 것입니다. 하지만 그 욕심을 위해 저는 제 습관을 바꾸어가며 그것에 책임과 마음을 다하려 노력했습니다. 그렇다면 저는 이것을 그대로 욕심이라 불러야 할까요. 아니면 사랑이라 불러도 되는 것일까요.

자신의 울타리 안으로 무언가를 들여놓는다는 건, 자연스레 자신의 변화를 끌어내기 마련입니다. 그러므로 이것에는 변하지 않을 다짐이 필요합니다. 소유에는 늘 희생이 따르기 마련이며, 욕심에는 대체로 대책이 없는 법이기 때문입니다. 사랑에는 자신의 변화가 필요하고, 사랑은 늘 그 변화를 끌어내고 있습니다. 세월이 흐를수록 단단해져가는 마음을 부수고 유연하게 만드는 것은 어쩌면 늘 사랑이었는지도 모를 일입니다.

저는 이제 화분을 바라보며 다짐합니다.

'사랑만이 우리의 울타리를 허물게 할 것이다.'

그리고 이렇게 적어놓았습니다.
'여전히 우리의 희망은 울타리 밖에 머물러 있구나.'
언젠가는 울타리 밖에 머물고 있는 우리의 희망을 마주하기를 바라겠습니다.
그때가 되면 우리의 사랑은 영원에 머물고, 무너지지 않는 구조를 이루게 될 것이라고 믿고 있습니다.

맺음말

하나의 생명이 스러지면 세상 어딘가에선 새로운 생명이 탄생한다고 합니다. 끝은 항상 시작과 맞닿아 있기 마련이니까요. 당신이 사랑한 후에, 그 사랑의 끝도 새로운 사랑의 시작과 닿아있길 간절히 바라봅니다.

조민예

번역도 하고, 작사도 하고, 출판 저작권 에이전트 일도 한다. 가끔은 글을 쓰고, 가끔은 꿈을 꾼다.

<동화인듯 동화아닌 이야기집>, <화가의 시선>, <있는 그대로 아름다워>, <낡은 우울의 세계로 오세요> 등

오종길

합정과 상수 사이 책방에서 노동하고, 사이사이 경계의 글을 쓴다.

<나는 보통의 삶을 사는 조금 특별한 사람이길 바랐다>, <같은 향수를 쓰는 사람>, <속옷을 고르며>, <저크 오프> 등

이도형

영화를 만든다. 해피엔딩 강박증이 있다. 바다를 좋아한다. 떠돈다. 금오산 호수와 혜화동을 자주 걸었다. 현재는 속초에서 시를 쓰고 있다.

<오래된 사랑의 실체>, <이야기에 가까운> 등

성현

서울에서 시를 쓰고, 수원에서 책을 엮었다. 춘천에서 편지를 썼다.

<씨, 발아한다>, <매트로놈>, <당신이 잘 계신다면, 잘 되었네요. 저도 잘 지내고 있습니다.> 등

PAGES 1ST COLLECTION

사랑한 후에

글	**성현 오종길 이도형 조민예**
기획	**이상명**
편집/디자인	**김현경**
교정/교열	**다미안**

펴낸곳	**77PAGE**
이메일	**77pagepress@gmail.com**
스마트스토어	**77page.com**
인스타그램	**Instagram.com/gaga77page**

초판 1쇄	**2019년 10월 1일**